Enid Blyton • Rätsel um die verbotene Höhle

OMNIBUS

DIE AUTORIN

Im Jahre 1997 wäre Enid Blyton 100 Jahre alt geworden. Sie liebte Kinder über alles, und offenbar spüren diese das, denn sonst hätten es ihre Bücher niemals zu einem solch einmaligen und immer noch andauernden Erfolg bringen können. Als sie 1968 starb, hinterließ sie ein Werk von 700 Büchern, auch viele Lieder, Gedichte und Theaterstücke. Ihre Bücher sind in 30 Sprachen übersetzt worden, und noch heute werden jedes Jahr weltweit etwa achteinhalb Millionen Exemplare verkauft. Es gibt wohl kaum einen Schriftsteller, der größeren Einfluß auf das Kinderbuch der Nachkriegszeit hatte. »Eine Kindheit ohne Enid Blyton ist seit Jahrzehnten undenkbar« schrieb die Süddeutsche Zeitung am 27. September 1995.

Von Enid Blyton sind bei C. Bertelsmann folgende Reihen erschienen: »Fünf Freunde«, »Die schwarze 7«, die »Rätsel«-Reihe, »Die verwegenen 4« und »Lissy im Internat«.

DIE SERIE

Wer kennt es nicht, dieses herrliche Gefühl, wenn die Ferien endlich beginnen? Stubs, Dina, Robert und Barny, die Freunde aus der »Rätsel«-Reihe, können es jedesmal kaum erwarten, sich wieder zu treffen. Ob Oster-, Sommer-, Herbst- oder Weihnachtsferien – ihnen ist nicht nach Faulenzen zumute, denn aufregende, spannende und manchmal auch komische Abenteuer sind zu jeder Jahreszeit zu bestehen.

Enid Blyton

Rätsel um die verbotene Höhle

OMNIBUS

Stubs ist der unternehmungslustige Vetter der Geschwister Dina und Robert

Ohne **Dina**, Roberts Schwester wären die Jungen aufgeschmissen

Miranda, das Äffchen, ist bei jedem Abenteuer dabei

Lümmel macht seinem Namen alle Ehre - und doch ist er ein treuer Freund

Gemeinsam lösen wir jedes Rätsel

Zusammen mit **Barny** gehen die Freunde durch dick und dünn

Die Katze namens **Sardine** trägt ihren Namen aufgrund ihrer Lieblingsspeise

Robert ist ständig auf dem Sprung

OMNIBUS

Der Taschenbuchverlag
für Kinder und Jugendliche
von C. Bertelsmann,
München

Band 20193

Die Rätsel-Serie bei OMNIBUS:
Band 1–7 (siehe Anzeige)

Umwelthinweis:
Dieses Buch wurde auf chlorfrei gebleichtem Papier gedruckt.

Genehmigte Taschenbuchausgabe November 1995
Die Originalausgabe erschien unter dem Titel »The Rugamuffin Mystery« bei Collins, London-Glasgow

Illustrationen von Gilbert Dunlop
Aus dem Englischen übersetzt und bearbeitet von Ilse Winkler-Hoffmann

Als Taschenbuch erstmals erschienen bei
C. Bertelsmann März 1995

Umschlagbild: Charlotte Panowsky
Umschlagkonzeption: Klaus Renner
Herstellung: Peter Papenbrok
Druck: Presse-Druck Augsburg
ISBN 3-570-20193-7
Printed in Germany

10 9 8 7 6 5 4 3 2 1

I

Wo es uns gefällt, da bleiben wir

»Ich wette, das werden die tollsten Ferien, die wir je erlebt haben!« stöhnte Robert und schleppte einen schweren Koffer die Treppe herunter bis zur Haustür. »Dina, bring die Bücher mit, sonst vergessen wir sie noch.«

Einen Augenblick später kam sie mit einem ganzen Stapel bepackt angelaufen. Auf der Straße, dicht vor der Gartentür, stand der Wagen mit einem Campinganhänger. Dina blieb aufatmend stehen, und ihr Blick glitt wohl schon zum zwanzigsten Male an diesem Morgen voller Bewunderung über die neue Errungenschaft.

»Wenn ich mir vorstelle, daß der uns gehört«, sagte sie, »und daß Vater ihn gekauft hat! Und nun kann er noch nicht einmal mitkommen.«

Robert nickte. »Ja, und wir hatten so viele Pläne gemacht. Na, wenigstens brauchen wir nicht auf Mutter zu verzichten. Ich dachte schon, die ganze Reise würde ins Wasser fallen, als sich herausstellte, daß Vater nach Amerika fahren muß.«

»Mir ging es genauso.« Dina verstaute die Bücher in einem Regal des Wohnwagens. »Ist das Vogelbuch dabei? Wir werden bestimmt eine Menge Vögel unterwegs sehen, und ich habe mir vorgenommen, einen Aufsatz darüber zu schreiben.«

»Dann vergiß nur deinen eigenen und das Fernglas nicht«, grinste Robert, »es hängt in der Diele. Wie findest du eigentlich Mutters Idee, Fräulein Pfeffer einzuladen, jetzt, wo Vater nicht mitkommt?«

Die Kinder hingen sehr an der alten Erzieherin ihrer

Mutter, aber dieses Mal schien es Robert nicht ganz angebracht, sie in dem engen Wohnwagen mitzunehmen. »Weißt du«, sagte er, »sie wird durchdrehen, wenn wir so dicht aufeinanderhocken.«

Dina lachte. »Ach wo, und für Mutter ist es hübsch, wenn sie ein bißchen Gesellschaft hat. Fräulein Pfeffer ist ganz ordentlich, nur einen Fehler hat sie, und das ist ihr Sauberkeitsfimmel. Hundertmal am Tage Hände und Knie waschen, na ja . . .«

»Was habt ihr beide denn so Interessantes zu besprechen?« fragte die Mutter, als sie an ihnen vorüberkam. »Übrigens, wenn wir um elf Uhr fortwollen, müssen wir uns beeilen. Ich habe Fräulein Pfeffer versprochen, sie um zwei Uhr abzuholen. Ihr wißt, daß wir uns nicht verspäten dürfen, und so schnell kann ich mit dem Anhänger auch nicht fahren.«

»Ich wollte, Vater käme mit«, sagte Dina und half, einen Koffer in den Wagen zu heben, »Fräulein Pfeffer ist zwar sehr, sehr nett, aber mit Vater sind die Ferien am allerschönsten!«

»Ja«, lächelte Frau Lynton, »es ist jammerschade, und Stubs' angenehme Gesellschaft müßt ihr nun auch entbehren.«

»Der Arme!« sagte Robert. »Er wird bestimmt traurig sein. Und wo ist er diesmal?«

Stubs war Dinas und Roberts Vetter, rothaarig, sommersprossig und immer zu Streichen aufgelegt. Meistens verbrachte er die Ferien bei den Lyntons, denn er hatte keine Eltern mehr. Er war etwas jünger als Dina und erwies sich zusammen mit seinem schwarzen Spaniel Lümmel zuzeiten als eine wahre Landplage, besonders für Herrn Lynton, der nichts mehr haßte als Lärm und

Unruhe. Nicht auszudenken, was passieren würde, wenn auch diese beiden noch hätten mitfahren sollen.

»Bei Tante Pat, glaube ich«, kicherte Dina, »stimmt's, Mutter? Ich wette, er stellt innerhalb von drei Tagen das ganze Haus mit seinem Blödsinn auf den Kopf. Neulich hat Lümmel dort seine große Vorliebe für Gummischuhe entdeckt und sämtliche, die er erwischen konnte, in die Rhododendronbüsche geschleppt . . .«

»Und der Gärtner staunte Bauklötze, als er sie fand«, grinste Robert. »Aber weil er nicht von gestern ist, roch er den Braten und rief Stubs, um ihm die Leviten zu lesen, und der fragte ihn daraufhin scheinheilig, seit wann er denn Gummischuhe unter den Sträuchern säte.«

»Typisch«, kicherte Dina wieder, »er tötet einem ja den letzten Nerv, aber lachen muß man trotzdem. Eigentlich doch schade, daß er nicht mitkommt.«

»Nein, wirklich, es wäre beim besten Willen nicht gegangen«, sagte die Mutter. »Leg die Decken da drüben in die Ecke, Liebling. Ich glaube, nun ist alles beisammen. Ich gehe nur noch einmal durchs Haus und sehe nach, ob wir auch nichts vergessen haben, und dann sind wir wohl soweit.«

Sie ging hinein, und Dina blieb zurück und sah sich in dem blitzblanken kleinen Wohnwagen um. Also hier sollten sie, ihre Mutter und Fräulein Pfeffer schlafen und Robert vorn im Auto. Wunderbar, so draufloszufahren, irgendwohin, wo es ihnen gefiel. Und wenn es dunkel wurde, würden sie einfach stehenbleiben, und frühstücken würden sie auf einer Wiese oder im Wald, wunderbar!

»Nur eins wünschte ich mir noch«, sagte sie, als sie mit Robert ins Haus lief, um sich von Marie, der Köchin, zu verabschieden, »ich wünschte, Barny käme mit.«

»Ja, das wünschte ich auch. Er und Miranda müßten mitkommen. Sie ist das süßeste Äffchen, das ich kenne. Wie lange haben wir die beiden nicht gesehen, Ewigkeiten!«

»Er wird wahrscheinlich mit seinem Vater verreisen«, überlegte Dina, »das erste Mal in seinem Leben richtig verreisen. Wie er sich wohl dabei fühlt? So lange ist es ja gar nicht her, daß er als Zirkusjunge von Jahrmarkt zu Jahrmarkt zog und seinen Vater suchte. Immer war er allein und immer unterwegs.«

»Aber jetzt hat er ihn endlich gefunden und eine ganze Familie dazu«, sagte Robert, »und er braucht nicht mehr in der Welt herumzuziehen.«

»Und Miranda ist auch kein armes Äffchen mehr, das manchmal hungern und frieren muß. Jetzt wird sie von allen Seiten verwöhnt, und alle mögen sie gerne. Aber sie sind beide die alten geblieben und haben sich nicht verändert.«

»Nein«, sagte Robert, »Barny ist noch genauso wie früher. Ach, wenn wir ihn doch in diesen Ferien noch sehen könnten. Mutter, Mutter, wo bleibst du denn?«

»Bin schon da«, rief Frau Lynton und kam die Treppe heruntergelaufen. »Beinahe hätte ich das Hautöl vergessen, und wir werden es jeden Tag gebrauchen, bei dieser großen Hitze. Nun geht, und sagt Marie auf Wiedersehen.«

Dina und Robert rannten in die Küche. Als sie die Tür hinter sich schlossen, wandte Marie sich um, drückte ihnen ein Päckchen in die Hand und brummte: »Ein paar von meinen Zuckerplätzchen, damit ihr bis zum Mittagessen nicht verhungert.« Sie stemmte die Arme in die Hüften und musterte die Kinder mit schiefgelegtem Kopf.

»Na, dann verlebt schöne Ferien, und macht nicht soviel Krach während der Fahrt, eure Mutter ist müde von der Packerei.«

Und endlich saßen sie im Wagen, und langsam rollte er die Straße hinunter. Ab und zu hüpfte der Wohnwagen hinter ihnen über unebene Stellen im Pflaster, und bald hatten sie den Ort hinter sich gelassen. Die Ferien hatten begonnen!

Einmal hielten sie, um zu frühstücken, und dann ging es weiter. »Wir kommen zu spät«, stellte Robert nach einem Blick auf seine Uhr fest, »aber das schadet nichts. Ich glaube, Fräulein Pfeffer würde sehr erstaunt sein, wenn wir ausnahmsweise pünktlich wären.«

»Wahrscheinlich«, sagte die Mutter. »Und zu allem Überfluß ist sie sicher zehn Minuten vor der vereinbarten Zeit bereit. Ich fühle mich genau wie damals als kleines Mädchen, wenn ich mit meinen Schularbeiten nicht früh genug fertig wurde. Ich habe ein schlechtes Gewissen.«

Fräulein Pfeffer erwartete sie tatsächlich schon vor der

Haustür, neben sich einen Koffer. Sie war so dünn wie immer, und wie immer zwinkerten ihre kurzsichtigen Augen heftig hinter den dicken Brillengläsern, und sie lächelte allen freundlich entgegen.

»Da seid ihr ja, Kinderchen«, sagte sie, »das ist schön! Und, Wunder über Wunder, mit nur einer Viertelstunde Verspätung. Habt ihr schon gegessen?«

»Ja«, rief Robert und sprang aus dem Wagen, um ihr Gepäck im Kofferraum zu verstauen.

»Welch außerordentliche Anschaffung«, lobte die alte Erzieherin und betrachtete den Wohnwagen augenzwinkernd von allen Seiten. »Was für ein besonders hübsches Exemplar. Nie hätte ich gedacht, daß ich jemals in einer so modernen Errungenschaft schlafen würde. Aber nun wird mir dieses Erlebnis auch noch zuteil.«

»Ich schlage vor, wir fahren erst einmal an den hübschen, kleinen See bei Yesterley«, sagte Frau Lynton, »dort haben die Kinder ausreichend Gelegenheit zu baden. Ist dieses strahlende Wetter nicht herrlich?«

»Wahrhaftig«, nickte Fräulein Pfeffer, setzte sich, strich den Rock umständlich glatt und rückte ihren winzigen schwarzen Hut gerade. »Und wo ist Stubs dieses Mal? Es ist so ungewohnt, ihn nicht bei den Kindern zu sehen. Immer, wenn ich mit den beiden verreiste, war er dabei.«

»Wahrscheinlich hat er Tante Pat schon an den Rand des Wahnsinns getrieben«, kicherte Dina, »die beglückt er nämlich jetzt mit seiner Gegenwart. Schade eigentlich, besonders Lümmel fehlt mir.«

Fräulein Pfeffer lächelte. »Nun, auch ich kann eine kleine Schwäche für ihn nicht leugnen«, und gleich darauf fuhr sie in zweifelndem Ton fort: »Doch weiß ich nur

nicht, ob wir nicht alle sehr nervös würden, wenn er die Zeit über mit uns in diesem engen Raum zubrächte. Wir kennen ihn ja als ziemlich unruhiges Tier.«

Es wurde eine wunderbare Fahrt an diesem sonnigen Tage, besonders wunderbar, weil lange, faule Ferienwochen vor ihnen lagen, ausgefüllt mit Baden, Picknicks und Eis essen. ›Und vielleicht auch mit Schlafen unterm Sternenhimmel‹, dachte Robert. Gleich heute abend wollte er Dina fragen, was sie dazu meinte. Für die Mutter und Fräulein Pfeffer war das natürlich nichts.

Sie fuhren und fuhren. Wie weit würden sie heute noch kommen? Niemand wußte es, und niemand machte sich

Gedanken darüber. Lautlos rollte der Wohnwagen hinter ihnen, und ab und zu wandte Robert den Kopf, um sich zu vergewissern, daß er auch noch da war.

»Prima«, sagte er zu Dina, »Sommerferien, und wo es uns gefällt, da bleiben wir!«

II

Eine schreckliche Nachricht

Fünf lange, herrliche Tage verbrachten sie an dem kleinen See bei Yesterley. Sie badeten und picknickten, und zu ihrem größten Vergnügen lief Fräulein Pfeffer zuzeiten ruhelos am Ufer auf und ab und sah mißtrauisch und besorgt zugleich über das Wasser zu ihnen hinüber. Und immer wieder warnte sie durch lautes Rufen vor den Untiefen, die solche Gewässer zu haben pflegten, und deren Gefahren, die weitaus größer seien als die der offenen See.

»Du ahnst es nicht«, japste Dina und warf sich lachend neben Robert in den weißen Sand, »du ahnst es nicht! Wie kann ein Mensch allein nur so ängstlich sein! Nur gut«, kicherte sie, »daß Stubs nicht hier ist. Der hätte vielleicht einen Zauber mit ihr angestellt!«

»Klar«, grinste Robert, »er hätte sie bestimmt schon mit todernster Miene darauf aufmerksam gemacht, daß es hier von Krokodilen nur so wimmelt. Und außerdem würde er ihr in heiserem Flüsterton beibringen, daß er aus sicherer Quelle erfahren habe, Menschenhaie seien hier an der Tagesordnung.«

»Hör auf!« prustete Dina. »Hör bloß auf! Ich kann nicht mehr!« Allmählich beruhigte sie sich, und nach einer Weile sagte sie: »Übrigens, tolle Ferien, findest du nicht auch? War es nicht wunderbar, heute nacht draußen zu schlafen? Hast du die Eule schreien hören? Sie muß direkt in dem Baum über uns gesessen haben. Ich habe mich furchtbar erschrocken.«

»Mich hätte nichts wecken können«, grinste Robert. »Ich habe mich gestern abend hingelegt und bin erst heute

morgen zu mir gekommen, als du mich so liebevoll wachgerüttelt hast. Wie lange will Mutter denn noch im Wasser bleiben? Ich habe einen Mordshunger.«

Sie alle entwickelten in diesen ersten Ferientagen ungewöhnlich großen Appetit, sogar Fräulein Pfeffer, die voller Schrecken und beinahe mit Beschämung feststellte, daß ihr die Mahlzeiten genausoviel bedeuteten wie den Kindern und daß auch sie kein Ende finden konnte.

»Ihr wundert euch, Kinderchen, daß ich schon zum drittenmal zulange«, sagte sie verlegen zwinkernd. »Ich weiß, es schickt sich keineswegs, so unersättlich zu sein, aber ich verspüre ständig eine entsetzliche Leere im Magen.«

»Ha!« schrie Robert. »Das müßte Stubs hören, der

würde sich freuen! Sie können von Glück sagen, daß er nicht hier ist. Wetten, daß er Sie den ganzen Tag damit aufziehen würde? Niemals würde er sich das entgehen lassen, gerade, weil er selbst so verfressen ist.«

»Ach, der Gute«, nickte die alte Erzieherin lächelnd, »wie es ihm wohl bei eurer Tante Pat gefällt? Wenn ich mich recht erinnere, so ist sie kinderlos? Er wird also auf Spielgefährten verzichten müssen, und ich fürchte, er wird nicht besonders artig sein.«

»Ha! Ha«, lachte Dina, »nicht besonders artig ist gut! Zur Verzweiflung wird er alle bringen. Wenn er sich langweilt, ist er überhaupt nicht zu ertragen! Er stellt dann den tollsten Blödsinn an. Erinnert ihr euch noch, wie er eines Tages auf den Gedanken kam, unseren Schornstein zu fegen, weil der Kamin ein bißchen rauchte, und wie er dann . . .«

»Sprich nicht davon«, unterbrach die Mutter sie stöhnend, »es war geradezu gräßlich! Und ich mag gar nicht mehr daran denken. Vater war außer sich und jagte mit dem Kaminfeger hinter ihm her, immer rund um den Garten, und . . .«

»Und dann fiel er über Lümmel«, gluckste Dina.

»Stimmt«, Robert verschluckte sich beinahe vor Lachen, »komisch, daß Lümmel immer ausgerechnet dann aufkreuzt, wenn sein Herrchen in höchster Not ist. Ein selten kluges Tier, das muß man ihm lassen!«

Jeden Abend um neun schalteten sie das Kofferradio ein, um die Nachrichten zu hören, denn sie hatten, seitdem sie unterwegs waren, keine Zeitung mehr zu Gesicht bekommen. Und nach Fräulein Pfeffers Meinung war es nicht angebracht, so ganz und gar von der Welt abgeschnitten dahinzuleben.

»Jemand könnte auf dem Mond gelandet oder sonst irgend etwas passiert sein«, sagte sie. »Einmal am Tage sollte man die neuesten Meldungen hören, sei es auch nur des Wetterberichtes wegen.«

Am Abend des fünften Tages saßen sie also wie immer im Wohnwagen und folgten den Worten des Sprechers, Fräulein Pfeffer mit Aufmerksamkeit, die Kinder nur mit halbem Ohr. Erst als er verkündete, daß es warm und sonnig bleiben würde, wurden sie wieder munter. Das war wichtig, sehr sogar!

Sonst hatte sich nichts Besonderes ereignet. Irgend jemand hatte eine Ansprache gehalten, ein neuer Flugzeugtyp war getestet worden, und irgendwo streikte man. Aber gerade, als sie abschalten wollten, geschah etwas, das alle hochfahren ließ.

Fräulein Pfeffer, im Begriff, den Knopf herumzudrehen, verharrte steif und regungslos, als der Sprecher bekanntgab:

»Frau Susanne Lynton, die sich zur Zeit auf einer Reise befindet, wird gebeten, sich sofort mit Hillsley 69251 in Verbindung zu setzen, da ihre Schwester verunglückt ist. Ich wiederhole: Frau Susanne Lynton . . .«

In den darauffolgenden Sekunden sprach niemand ein Wort, niemand rührte sich. Dann flüsterte Dina endlich: »Wir sind gemeint, Mutter. Du bist doch Frau Lynton. Oh, Mutter!«

»Eurer Tante Pat muß etwas zugestoßen sein«, sagte Fräulein Pfeffer und strich nervös über das Tischtuch, und zu Frau Lynton gewandt: »Sorgen Sie sich nur nicht zu sehr. Das Ratsamste ist, sofort zur nächsten Telefonzelle zu fahren und die angegebene Nummer anzurufen.«

»Ja, ja«, flüsterte sie, ganz blaß geworden, »ich muß auf

der Stelle zu ihr, ich muß sofort zu Pat. Oh, ich bin so unruhig!«

Die Kinder waren völlig verstört. Was war passiert? Die arme Tante Pat! Verunglückt! Das klang so schrecklich!

»Ihr, Kinderchen, bleibt hier im Wohnwagen«, sagte Fräulein Pfeffer, während sie ihren kleinen schwarzen Hut aufsetzte. »Ich begleite eure Mutter bis zur nächsten Ortschaft, um in Erfahrung zu bringen, was geschehen ist. Ich hoffe, wir werden bald wieder zurück sein. Sorgt euch nur nicht zu sehr, besonders du, Dina. Tröste sie ein wenig, Robert. Es wird schon alles gut werden.«

Und zwei Minuten später entschwand der Wagen den Blicken der Kinder, die auf den Stufen des Anhängers hockten. Die Nacht war sehr hell, und Robert sah, daß Dina weinte.

Er legte den Arm um ihre Schultern. »Kopf hoch«, murmelte er, »Mutter bleibt natürlich bei Tante Pat, und wir müssen wieder nach Hause, das ist klar.«

»Aber das geht doch gar nicht«, jammerte Dina. »Marie

ist ja jetzt schon weg, und das Haus ist abgeschlossen und kein Mensch da.«

»Verflixt! Das hatte ich ganz vergessen. Und was soll eigentlich aus Stubs werden? Er kann doch nicht bei Tante Pat sein, wenn sie krank ist, vielleicht liegt sie sogar im Krankenhaus. Wo soll er denn dann hin?«

»Und wo sollen wir hin?« fragte Dina ratlos. »Mutter fährt bestimmt so schnell wie möglich zu ihr. Oh, wie scheußlich – und gerade jetzt in den Ferien!«

Die Zeit schien den beiden dahinzuschleichen, bis sie endlich in der Ferne Motorengeräusch hörten. Dann sahen sie Scheinwerfer in der Dunkelheit aufleuchten und schnell näher kommen. Sie sprangen auf und stürzten darauf zu.

Aber es war nur Fräulein Pfeffer, die ausstieg, und es war nicht ihr Wagen, der dort hielt, sondern ein Taxi.

»Was ist los?« schrie Dina. »Wo ist Mutter?«

»Sie ist gleich weitergefahren«, erklärte Fräulein Pfeffer, während sie den Chauffeur bezahlte. »Eure Tante ist gestürzt und hat recht schwere Verletzungen erlitten. Der Arzt war sehr besorgt, denn es sah böse aus, doch nun hat man Hoffnung, sie durchzubringen.«

»Oh, die Arme! Und die arme Mutter!« rief Dina und dachte daran, daß sie jetzt allein durch die Nacht fuhr, in großer Sorge um die Schwester. »Oh, Fräulein Pfeffer, glauben Sie, daß Tante Pat wieder gesund wird?«

»Dem Bericht des Arztes nach zu urteilen, glaube ich es ganz sicher«, beruhigte die alte Erzieherin. »Nun sorgt euch nur nicht zu sehr. Eure Mutter läßt euch grüßen, und morgen wird sie uns Genaueres mitteilen, wenn ich nach Yesterley gehe, um sie anzurufen. Es ist gar nicht so weit.«

»Kommt sie bald zurück?« fragte Robert.

»Oh, nein, nein, das halte ich für ausgeschlossen. Ich nehme an, daß sie bis zur vollständigen Genesung bei ihrer Schwester bleiben will. Wir hatten leider nicht genug Zeit, genau zu besprechen, was nun geschehen soll. Aber ich fürchte, ihr müßt mit mir vorliebnehmen, denn ich habe eurer Mutter versprochen, euch nicht zu verlassen, bis sie euch nach Hause holen kann.«

»Und wie soll das alles vor sich gehen?« fragte Robert verstört. »Wir haben den Wohnwagen, aber kein Auto, und bei uns ist abgeschlossen. Sollen wir den Anhänger hier stehenlassen und bei Ihnen wohnen, Fräulein Pfeffer?«

»Ich weiß es wirklich selber noch nicht. Wir wollen erst einmal bis morgen warten und etwas Abstand gewinnen. So geht es manchmal im Leben, Unvorhergesehenes ereignet sich, und man muß versuchen, damit fertig zu werden. Eure Mutter war, nachdem sie den ersten Schrekken überwunden hatte, ganz gefaßt.«

»Und was soll mit dem armen Stubs werden?« fragte Dina. »Oh, Fräulein Pfeffer, Tante Pat ist doch nicht etwa über Lümmel gefallen?«

»Nein, sie ist von der Leiter gestürzt«, lächelte die alte Erzieherin schwach. »Und nun schlage ich vor, eine Flasche Orangeade zu öffnen, die Schokoladenplätzchen und die Makronen hervorzuholen, uns hinzusetzen und uns ein wenig zu stärken.«

Das gute Fräulein Pfeffer, sie war so liebevoll und besorgt, und die Kinder lachten dankbar über die Späße, die sie, indem sie hinter ihren dicken Brillengläsern zwinkerte, zum besten gab, um die beiden ihren Kummer etwas vergessen zu lassen.

»Robert, möchtest du vielleicht heute bei uns im Wohnwagen bleiben?« fragte sie endlich. »Ich glaube, Dina würde sich sehr darüber freuen.«

»Ja, natürlich gerne«, sagte Robert, und Dina strahlte. Wenn sie nun nicht einschlafen konnte oder mitten in der Nacht aufwachte, konnte sie sich mit ihm unterhalten. Manchmal wirkte ein Bruder recht beruhigend.

Und bald war es dunkel und still im Wohnwagen, und die drei versuchten zu schlafen.

›Was Stubs jetzt wohl macht?‹ dachte Dina. ›Sicher geht es ihm schlechter als uns, denn er hat niemanden, der ihn tröstet.‹

Und was würde der nächste Tag bringen? Gutes oder Schlechtes? Und was sollte aus ihren Ferien werden?

III

Ein orangefarbenes Telegramm

Am nächsten Morgen weckte Fräulein Pfeffer die Kinder früh. »Wollt ihr aufstehen? Dann frühstücken wir zusammen, und danach werde ich gleich nach Yesterley gehen, um anzurufen. Habt ihr gut geschlafen?«

»Ja«, sagte Dina und war über diese Tatsache sehr erstaunt, denn sie hatte geglaubt, kein Auge zutun zu können. Robert war es nicht anders ergangen, und beide sahen heute allem ruhiger entgegen.

Fräulein Pfeffer brühte den Tee auf, Dina schnitt das Brot, und bald saßen sie zusammen um den Tisch, und Dina wunderte sich zum zweitenmal an diesem Tage, und zwar über ihren Appetit.

Gleich nach dem Frühstück schlug Fräulein Pfeffer den Weg nach Yesterley ein. Und schon nach einer halben Stunde war sie zurück, und die Kinder, die ängstlich und angespannt nach ihr ausschauten, liefen ihr entgegen und atmeten erleichtert auf, als sie sahen, daß sie lächelte.

»Erfreuliche Nachrichten!« rief sie schon von weitem. »Eure Mutter ist gut angekommen und Tante Pat außer Lebensgefahr!«

»Gott sei Dank!« seufzte Dina.

»Sie ist von der Leiter gestürzt, als sie die Kletterrosen an der Hausmauer festbinden wollte«, berichtete Fräulein Pfeffer, »und dabei ist sie mit dem Kopf auf die Steine geschlagen. Lümmel hat übrigens nichts damit zu tun. Nun liegt sie im Krankenhaus, und ich fürchte, eure Mutter wird noch eine ganze Zeit fortbleiben, denn auch der Onkel muß versorgt werden.«

»Und was wird aus uns?« fragte Dina ratlos.

»Ja, nun«, begann die alte Erzieherin und sah betrübt durch die dicken Brillengläser auf die Kinder, »ja, uns wird nichts anderes übrigbleiben, als zu versuchen, jemanden zu finden, der unseren Wohnwagen bis zu mir nach Hause bringt. Es tut mir so sehr leid für euch. Dieses plötzliche Ende eurer schönen Ferienreise ist sehr, sehr bedauerlich, aber ich sehe beim besten Willen keinen anderen Ausweg.«

»Ich auch nicht«, sagte Robert düster. »Und es ist wirklich nett von Ihnen, sich so viel Mühe zu machen. Für Sie ist es ja auch nicht schön, uns in Ihrer kleinen Wohnung unterzubringen.«

»Nun, nun, das ist nicht so schlimm«, beschwichtigte sie. »Und jetzt will ich mich gleich um einen Wagen kümmern. Dina kann mich begleiten, und du wartest hier so lange, ja?«

»Natürlich«, sagte Robert immer noch düster und sah den beiden nach, wie sie den Weg hinuntergingen. Was für jämmerliche Ferien würden das werden! Fräulein Pfeffer war freundlich und gut, aber Wochen in ihrem kleinen, blitzblanken Hause schienen ihm einigermaßen beklemmend.

›Wir werden uns gräßlich langweilen‹, dachte er und fand im gleichen Augenblick, daß er sehr undankbar war. Was hätten sie ohne die alte Erzieherin tun sollen? Ja, wenn Barny nicht mit seinem Vater verreist wäre, hätten sie zu ihm fahren können, aber so! Na ja, er wußte auch keinen Rat.

Nach einer Stunde etwa kamen Fräulein Pfeffer und Dina entmutigt zurück.

»Wir können keinen Wagen bekommen«, sagte Fräulein

Pfeffer. »Wir haben mit der nächsten Ortschaft telefoniert, und dort will man versuchen, einen für uns aufzutreiben. Ich hoffe, sie schicken uns nicht irgendein altes Vehikel, das mitten auf der Straße stehenbleibt.«

Der Wohnwagen stand nahe der Straße, nicht weit von einem Bauernhaus entfernt. Der Bauer hatte ihnen die Erlaubnis gegeben, auf seinem Grundstück zu bleiben, solange es nötig war. Gegen zwei Uhr sahen sie ihn gemächlichen Schrittes auf sich zukommen.

»Oh«, sagte Fräulein Pfeffer besorgt, »hoffentlich will er uns nicht von hier vertreiben.«

»Guten Tag,« sagte der Mann in seiner breiten Mundart. »Ich habe eine Nachricht für Sie. Die Post brachte sie eben.«

Er hielt ein orangefarbenes Telegramm in der Hand, und Fräulein Pfeffer griff erschreckt danach. Hastig riß sie es auf, las und sah die Kinder dann in völliger Verwirrung an.

»Hört zu«, sagte sie, »hier steht: ›Wartet, wir sind heute abend bei euch, Barny.‹«

»›Wartet, wir sind heute abend bei euch, Barny‹«, wiederholte Dina, und ihr Gesicht erhellte sich plötzlich. »Oh, Fräulein Pfeffer, er muß von Tante Pats Unfall erfahren haben, und daß Mutter bei ihr ist und uns hiergelassen hat! Und nun ist er bald da! Herrlich, herrlich herrlich!«

»Wahrscheinlich hat er gestern abend die Meldung im Radio gehört, genau wie wir«, rief Robert. »Und dann hat sein Vater sicher bei Tante Pat angerufen, und jetzt wird alles gut, bestimmt. Sie werden den Wohnwagen abschleppen, und vielleicht können wir sogar mit Barny zusammenbleiben!«

»Vielen Dank«, sagte Fräulein Pfeffer, zu dem Bauern gewandt. Der nickte und ging langsam zum Haus zurück.

»›Wir sind heute abend bei euch‹«, Dina studierte das Telegramm von neuem. »Sie müssen also auf dem Wege hierher sein. Sicher waren sie weit weg, denn sonst wären sie schon früher bei uns gewesen. Ach, es ist zu schön, nun brauchen wir uns keine Sorgen mehr zu machen.«

»Ihr solltet ein bißchen baden, Kinderchen«, schlug die alte Erzieherin lächelnd vor. »Es ist so heiß heute, aber haltet euch ja am Ufer, wagt euch nicht zu weit hinaus. Und ich werde inzwischen ein bißchen in den Wohnwagen gehen. Es scheint mir richtiger, wenn er nicht unbeaufsichtigt ist. Eine kleine Erfrischung wird euch guttun.«

Die Kinder liefen davon, fröhlicher, als sie vor einer Viertelstunde gewesen waren. Barny hatte telegrafiert! Wie schön war es, gute Freunde zu haben!

»Und Miranda sehen wir wieder!« strahlte Dina. »Die kleine, süße Miranda!«

Sie schwammen lange und lagen später im Sand in der prallen Sonne. Hungrig kamen sie zum Wohnwagen zurück. »Ist noch ein Telegramm gekommen?« fragte Robert. Fräulein Pfeffer schüttelte lächelnd den Kopf.

»Nein, aber nein, Barny hat sich für heute abend angesagt. Ihr müßt euch ein wenig gedulden und warten. Vielleicht sind sie unten in Cornwall oder ganz im Norden Schottlands, auf alle Fälle sehr weit von hier entfernt.«

»Ehe sie da sind, gehe ich aber nicht ins Bett«, verkündete Robert plötzlich.

»Ein solches Ansinnen würde ich auch nicht an dich stellen.« Fräulein Pfeffers Augen zwinkerten freundlich hinter den dicken Brillengläsern. »Ich hoffe nur, daß es nicht allzu spät wird.«

Langsam kam der Abend heran. Die Sonne sank im Westen, und bei jedem Motorengeräusch auf der nahe gelegenen Landstraße lauschten die Kinder, aber Wagen auf Wagen fuhr vorbei, das Summen wurde wieder schwächer und erstarb, ohne daß einer abgebogen wäre.

Doch dann, als es schon beinahe ganz dunkel war, hörten sie einen, der langsam auf dem unebenen Weg zum Bauernhaus entlangfuhr.

»Das ist er! Das muß er sein!« rief Dina. Und angestrengt lauschten sie.

Der Wagen hielt, und nach ein paar Minuten hörten sie ihn in der Stille der Nacht wieder anspringen. Er kam über die Wiese direkt auf sie zu.

»Das ist Barny, das ist er, bestimmt!« schrie Robert. »Sie haben erst im Bauernhaus nach uns gefragt. Barny, Barny, Barny!«

Und dann kam seine Stimme aus der Dunkelheit: »Hallo, wo steckt ihr denn?«

Und ein wenig später stand das große Auto neben ihnen. Jemand sprang heraus, und Dina und Robert rannten, um ihren guten, alten Freund und sein aufgeregt schnatterndes Äffchen Miranda zu begrüßen.

»Da seid ihr ja«, lachte Barny und umarmte beide. »Hat lange gedauert, was? Aber wir waren oben in Schottland!«

IV

An der Küste entlang

Es wurde ziemlich eng im Wohnwagen. Dina brachte eine Petroleumlampe, und alle sahen sich lachend und von der plötzlichen Helligkeit geblendet an. Barnys blaue Augen strahlten. Er war braun wie immer, braun wie ein Indianer.

Sein Vater wandte sich an Fräulein Pfeffer. »Wir haben vorhin noch einmal im Krankenhaus angerufen. Frau Lyntons Schwester geht es besser, sie wird wieder gesund werden, aber es wird vermutlich eine ganze Zeit dauern.«

»Gott sei Dank!« atmete sie auf. »Gott sei Dank! Wir haben gestern abend einen unvorstellbaren Schrecken bekommen, und ich habe mir große Sorgen gemacht, besonders der Kinder wegen. Sie glauben nicht, wie froh wir sind, daß Sie gekommen sind. Ich war immer noch unschlüssig, was jetzt wohl am besten zu tun sei.«

»Beunruhigen Sie sich nicht mehr«, sagte Herr Martin. »Ich würde vorschlagen, daß ich den Anhänger mit meinem Wagen abschleppe und . . .«

»Und uns nach Hause bringen?« unterbrach Robert schnell. »Aber es ist abgeschlossen, Herr Martin.«

»Ich weiß, und ich weiß auch, was es für euch bedeuten würde, wenn eure Ferien ein so plötzliches Ende fänden. Und da habe ich mir gedacht, Barny bleibt mit euch zusammen, und somit wären alle Schwierigkeiten gelöst.«

»Ich verstehe nicht ganz«, begann Fräulein Pfeffer ein wenig unsicher, »Sie meinen, wir können Ihren Wagen bekommen, und Sie meinen, ich soll ihn fahren? Oh, das kann ich leider nicht, ich kann leider nicht chauffieren.«

»Nein, nein, das habe ich nicht gemeint«, lachte Herr

Martin. »Barny und ich, wir haben nur für eine Woche Ferien gemacht, und die ist sowieso jetzt vorbei, und ich muß wieder zurück. Mein Vorschlag ist der: Ich fahre den Wohnwagen irgendwohin, wo es hübsch ist und wo Sie bleiben mögen. In der Nähe eines Gasthauses vielleicht, in dem Sie und Dina schlafen können, während die Jungen mit dem Wohnwagen vorliebnehmen müßten.«

»Wunderbar!« rief Dina. »Wunderbar! Irgendwo an der See, ja? Oh, bitte!«

»Warum nicht«, sagte Herr Martin und lachte über ihren Eifer. »Wenn wir morgen etwas Passendes gefunden haben, lasse ich euch da und fahre nach Hause, und Fräulein Pfeffer wird so freundlich sein, aufzupassen, daß ihr nicht zuviel Dummheiten macht. Und wenn dann die Ferien zu Ende sind, hole ich euch wieder ab. Na, ist das ein Vorschlag?«

»Zu schön, um wahr zu sein!« rief Robert. »Ich sah Dina und mich schon im leeren Haus vor Langeweile eingehen. Ach, wir sind Ihnen so dankbar! Nun sind alle Probleme gelöst, bis auf eins.«

»Ja?« fragte Herr Martin. »Und welches?«

»Es ist wegen Stubs«, sagte Robert.

»Wegen Stubs? Was ist denn mit ihm?«

»Darf er nicht mitkommen?« fragte Dina eifrig. »Im Wohnwagen ist Platz für drei, und wenn es wirklich zu eng sein sollte, könnte er schließlich auch im Gasthaus schlafen.«

»Wahrhaftig, der arme Junge! Ihn hatte ich ganz vergessen. Selbstverständlich soll er mitkommen. Er war ja bei eurer Tante Pat, nicht wahr? Ich werde sofort eure Mutter anrufen und ihr vorschlagen, ihn zu schicken, sobald wir etwas für euch gefunden haben.«

Dina seufzte zufrieden. »Ach, und ich war so unglücklich und hatte so viele Sorgen, und nun ist es beinahe schöner als vorher. Vielen, vielen Dank, Herr Martin. Nun können wir die ganzen Ferien mit Barny und Miranda und mit Stubs zusammen sein. Hörst du, Miranda, die ganzen Ferien!«

Miranda schnatterte vergnügt, sprang auf ihre Schulter und flüsterte ihr etwas ins Ohr.

Dina lachte und streichelte sie zärtlich.

»Ich kann Ihnen leider nichts weiter als eine Tasse Kakao oder ein Glas Orangeade anbieten«, ließ Fräulein Pfeffer sich jetzt vernehmen und zwinkerte ein bißchen verlegen hinter den dicken Brillengläsern. »Wir haben über all der Aufregung ganz vergessen, an das leibliche Wohl zu denken und etwas Ordentliches einzukaufen.«

»Schadet nichts«, sagte Barny und sprang auf, »wir haben eine Unmenge zu essen im Wagen. Wir wollten uns unterwegs nicht aufhalten und in ein Gasthaus gehen. Und da haben wir uns haufenweise mit Proviant eingedeckt. Wir wollten doch so schnell wie möglich herkommen. Ich hole jetzt alles.«

»Prima«, rief Dina, »ich weiß auch nicht warum, aber ich bin auf einmal schrecklich hungrig.«

»Du hast jetzt keine Sorgen mehr, das ist es«, lächelte Fräulein Pfeffer, »und ich muß gestehen, mir geht es nicht anders, auch ich verspüre ein leichtes Hungergefühl.« Sie wandte sich an Herrn Martin. »Ich muß Ihnen noch einmal sagen, wie dankbar wir Ihnen sind.«

»Bitte nicht«, wehrte er ab. »Sie waren immer gut und freundlich zu Barny, und ich freue mich, daß auch ich Ihnen einmal behilflich sein konnte. Aber was macht denn Miranda da?«

»Sie hat meinen Schwamm!« schrie Dina. »Gib ihn mir wieder, Miranda, oh, seht nur, sie tut so, als wüsche sie sich.«

»Sie hat ihn in die Schnauze gesteckt«, sagte Fräulein Pfeffer kopfschüttelnd, »dieses unartige kleine Ding. Sie wird ihn doch nicht aufessen, Dina?«

Mit einem Griff bemächtigte sich Barny des Schwammes, sagte streng: »Schäme dich«, und Miranda versteckte das Gesicht in den Pfoten, lief in eine Ecke und stieß leise, jammernde Laute aus.

»Tu nur nicht so«, lachte Barny, »nicht ein bißchen traurig bist du, ich kenne dich doch. Also, ich gehe jetzt.

Paß auf, Dina, daß sie nicht auch noch die Seife verschluckt.«

Nach ein paar Minuten war er wieder zurück, den Arm voller Tüten, Pakete und Dosen. Und dann gab es ein spätes Abendbrot mit Schinken, Tomaten, Käse, reifen Pflaumen und Orangeade.

»Und wie wollen wir es mit dem Schlafen halten?« fragte Fräulein Pfeffer endlich. »Die Jungen werden sicher gerne unter freiem Himmel bleiben, mit Kissen und Decken versorgt, aber für Sie ist das wohl nicht das Rechte, Herr Martin?«

»Oh, nein«, lachte er, »ich fahre lieber zum Gasthaus zurück. Außerdem möchte ich morgen früh gleich von dort aus Frau Lynton anrufen, um die Sache mit Stubs zu regeln. Im Laufe des Tages werden wir vermutlich sagen können, in welche Richtung er sich in Marsch setzen soll. Also, gute Nacht«, verabschiedete er sich, »Dina bekommt den Mund schon gar nicht mehr zu vor lauter Gähnen.«

»Gute Nacht«, sagten sie alle, »und vielen, vielen Dank.« Dann sahen sie dem Wagen nach, wie er holpernd über die Wiese davonfuhr.

»Und nun ist es wirklich Schlafenszeit«, sagte Fräulein Pfeffer. »Oh, ich fühle mich unsagbar erleichtert, nur eure arme Mutter tut mir leid, sie hat nun keine Ferien.«

Die Jungen suchten sich eine Stelle, die dicht mit Heidekraut bewachsen war. »Waschen tu ich mich morgen früh«, gähnte Robert und wickelte sich in seine Decke. »Da ist deine, für dich und Miranda.«

Das Äffchen kuschelte sich dicht an Barny und schnatterte ihm leise was ins Ohr. Und als er nicht antwortete, zog es ihn am Haar.

»Laß das«, sagte er, »ich bin müde.« Er griff nach ihrer kleinen Pfote. »Schlaf jetzt, hörst du!«

Miranda gehorchte, und Barny strich über ihr weiches, braunes Fell.

Fräulein Pfeffer und Dina ließen Fenster und Tür des Wohnwagens weit offen. Mit einem Seufzer der Erleichterung schloß die alte Erzieherin die Augen. Alles war besser gegangen, als sie zu hoffen gewagt hatte!

Sehr früh am anderen Morgen erschien Herr Martin, bepackt mit selbstgebackenem Brot, frischer Butter und Milch vom Bauern.

»Wie aufmerksam«, sagte Fräulein Pfeffer erfreut, »Miranda, laß die Eier liegen!«

Während sie auf der Wiese in der warmen Sonne frühstückten, breitete Herr Martin die Karte auf seinen Knien aus. »Wir müssen uns jetzt entscheiden, wohin wir fahren wollen. Hat jemand einen Vorschlag?«

»Irgendwohin an die See«, sagte Robert. »Wenn es so heiß bleibt, ist die Hauptsache baden.«

»Aber nicht in einen großen Kurort«, bat Fräulcin Pfeffer, »irgendwohin, wo es ruhig und ländlich ist.«

»Irgendwohin, wo es viele Vögel gibt«, rief Dina, »ich will nämlich einen Aufsatz über Vögel schreiben, die ich in den Ferien beobachtet habe.«

»Verschone uns mit deinen Vögeln«, lachte Robert. »Ich wette, du kümmerst dich die ganze Zeit um keinen einzigen, außer um deinen eigenen.«

Dina tat schon den Mund auf, um eine passende Antwort zu geben, als Fräulein Pfeffer sich hastig einmischte. »Nun, Vögel gibt es überall. Wir brauchen deswegen nicht nach einer besonderen Gegend zu suchen. Barny, was meinst du, wohin es gehen soll?«

»Ich möchte auch am liebsten in einen kleinen Ort fahren, in einen, wo nicht so viele Menschen sind, wo man sich nicht zehnmal am Tage umziehen muß, und wo man faul herumliegen kann und sich um niemanden zu kümmern braucht. Ich habe nichts für Kurbetrieb übrig.«

»Also, ich denke, wir sind alle einer Meinung«, nickte die

alte Erzieherin. »Aber wo finden wir etwas Passendes, jetzt, mitten im Sommer? Fast alles an der See ist besetzt.«

Herr Martin warf einen fragenden Blick in die Runde. »Wie wär's mit der Küste von Wales? Es ist eine schöne Landschaft, hügelig und waldig, und Vögel findest du sicher dort genug, Dina. Ich bin dafür, wir begeben uns sofort auf die Reise, immer an der Küste entlang, und machen halt, wenn wir das gefunden haben, was wir suchen!«

V

Ein Eis in einem alten Laden

Es dauerte nicht lange, und sie fuhren davon. Der Wagen war groß und geräumig, und alle fanden bequem Platz darin. In den Kurven schlingerte der Anhänger manchmal bedenklich, und Herr Martin mußte sich daran gewöhnen, das Tempo zu verlangsamen.

Bis zum Mittag fuhren sie ohne Unterbrechung, und dann picknickten sie in einem kleinen Wald am Wegesrand. Wieder sahen sie auf die Karte. »Bald haben wir unser Ziel erreicht«, sagte Herr Martin, »dann müssen wir nach etwas Passendem Ausschau halten. Wir werden also die Küste entlangbummeln.«

»Prima«, rief Dina, »Miranda, du wirst krank werden. Barny, das ist schon die vierte Pflaume, die sie stibitzt.«

Barny nahm sie ihr fort, und Miranda wurde böse. Sie sprang auf seinen Kopf und zog ihn am Ohr, so lange, bis er schrie. Doch gleich darauf tat es ihr leid, und sie versuchte, unter sein Hemd zu kriechen.

Fräulein Pfeffer lächelte kopfschüttelnd. »Sie kann noch so ungezogen sein, man muß am Ende doch jedesmal über sie lachen. Ich fürchte nur«, fügte sie unter heftigem Augenzwinkern hinzu, »daß, wenn Stubs und sein völlig verrückt gewordener Lümmel auftauchen, es mit dem Frieden vorbei sein wird. Denn Miranda scheint eine besondere Vorliebe für Spaniels zu haben, vielleicht deshalb, weil man sie so gut an ihren langen Ohren ziehen kann.«

Herr Martin lachte. »Ja, ich muß sagen, ich bin ganz zufrieden, daß wir das Pärchen wenigstens jetzt nicht im Wagen genießen. Ein verrückter Hund, ein Junge mit lauter Unfug im Sinn und ein ungezogener Affe, das wäre zuviel für den Fahrer.«

Sie fuhren weiter und bald durch den ersten großen Kurort, voller Badegäste, voller Lärm und Unruhe.

»Nichts für uns«, sagte Herr Martin, »aber bald kommen wir in ruhigere Gegenden, dann müßt ihr die Augen offenhalten.«

Nachdem sie mehrere dieser überfüllten Plätze hinter sich gelassen hatten, wurde die Küste einsamer. Sie fuhren den weißen Strand entlang, an stillen Buchten und winzigen Fischerdörfern vorüber. Rechts von ihnen stieg das Land allmählich an.

»Hier sieht es schon eher so aus, wie wir es uns vorgestellt haben«, sagte Dina und sah hinaus, einmal zu der Seite, wo das Meer lag, und dann zur anderen mit den Hügeln. »Herr Martin, könnten wir nicht einmal halten und ein Eis kaufen? Ich komme um vor Hitze, trotz der offenen Fenster.«

»Gar kein schlechter Gedanke«, lachte er und hielt, als sie das nächste Dorf erreichten. Aber dort gab es kein Eis. »Fahren Sie nach Penrhyndendraith«, sagte die Frau, die sie fragten. »Dort gibt es welches. Und wenn die Kinder baden wollen, dann gehen sie am besten zu den Merlin-Höhlen, das ist der feinste Platz an der ganzen Küste.«

»Da müssen wir unbedingt hin«, rief Robert.

Die Hügel wurden höher und die Abhänge steiler, je mehr sie sich Penrhyndendraith näherten.

»Eine großartige Landschaft«, sagte Herr Martin. »Und wo ist nun dieser Ort mit dem unaussprechlichen Namen? Ah, das Dorf dort hinten, das am Abhang des Berges liegt, das wird's wohl sein.«

Hoch oben stand ein seltsames altes Haus mit vielen

Türmen und Türmchen. Es lehnte dicht am Felsen und schien so baufällig zu sein, daß es beinahe wirkte, als hielte nur der Efeu die Mauern noch zusammen. Dina, die sich zu anderer Zeit für einen derartigen Anblick begeistert hätte, interessierte sich im Augenblick mehr für die leiblichen Genüsse. Sie zupfte Herrn Martin vorsichtig am Ärmel.

»Sehen Sie, könnte das da drüben nicht der Eisladen sein?« Sie zeigte auf eines der weißen, schiefen Häuschen, die die Dorfstraße säumten.

Herr Martin bremste. »Ich sehe nur ein einziges, in dem ein Laden ist. Dann muß es das wohl sein. Was steht denn über der Tür? Myfanwy Jones, Kolonialwaren.«

»Und dort im Fenster ein Schild: ›Eis‹«, schrie Robert, »kommt, wir wollen uns welches holen!«

Sie sprangen aus dem Wagen und liefen in den kleinen Laden. Es war ein seltsamer Raum, dunkel, mit wenig Platz, kaum genug, um sich umzudrehen, und vollgestellt mit den verschiedensten Dingen. Die Ware lag auf dem Fußboden und auf dem schmalen Ladentisch gestapelt, hing an den Wänden und baumelte von der Decke herab.

»Hier muß es einfach alles zu kaufen geben«, stellte Dina staunend fest. »Zu essen und zu trinken, Töpfe und Pfannen, Geschirr, Fischernetze, Kartoffeln, Gemüse und Hacken und Spaten. Du lieber Himmel. Fräulein Pfeffer, sieht es hier nicht so aus wie im Märchen?«

»Und da kommt die Hexe«, flüsterte Robert, als eine alte Frau heranschlurfte, das Gesicht voller Runzeln, das weiße Haar zum Teil von einem schwarzen Häubchen bedeckt. Aber so alt sie auch aussah, ihre Augen waren lebendig und flink.

Sie sprach den Dialekt des Landes, den die Kinder nicht

verstanden. Dina zeigte auf das Schild am Fenster, und die alte Frau lachte und nickte.

»Eis wollt ihr haben? Zwei oder drei oder vier?« fragte sie nun in reinem Englisch.

»Am besten gleich hundert«, seufzte Robert, und alle lachten.

»Wieviel gibt's denn für zwanzig Pfennig?« fragte Dina. Die Alte nahm eine Waffel und häufte einen wahren Berg darauf und legte über die ganze Herrlichkeit eine zweite.

»Nun, ich glaube, eine für jedes Kind wird genügen«, sagte Fräulein Pfeffer mit erstauntem Augenzwinkern. »Und wie ist es mit Miranda, Barny?«

»Eine kann sie bekommen«, überlegte er, »höchstwahrscheinlich wird sie das meiste davon auf den Kopf packen.«

»Draußen könnt ihr euch hinsetzen«, sagte die alte Frau. Die Kinder nahmen das Eis und gingen zu der großen Holzbank vor der Tür.

»Wunderbar, die reinste Sahne und herrlich kalt«, sagte Barny. »Miranda, mach, daß du fortkommst, es ist nicht gerade sehr angenehm, wenn mir dein Eis in den Kragen tropft.«

Miranda sprang von der Bank, die Waffel fest in der Pfote. Die alte Frau betrachtete sie verwundert.

»Hübsches kleines Tier«, sagte sie. »Ihr kommt von weit?«

»Ziemlich weit«, sagte Barny.

»Und ihr geht weit?«

»Wir wissen es noch nicht. Wir suchen etwas, wo wir bleiben können. Vielleicht irgendwo in der Nähe, es ist schön hier. Wir wollen in keinen Badeort mit großen Hotels, lieber in ein altes, ruhiges Gasthaus und . . .«

»Ah, dann solltet ihr dahin gehen«, unterbrach die Alte und zeigte hinauf zu dem seltsamen Haus auf dem Berg. »Ruhig ist es da, sehr ruhig, und gutes Essen gibt es, sehr gutes Essen. Und die See ist so blau, und der Sand ist so weiß, und . . .«

»Aber wohnt denn dort überhaupt jemand?« fragte Herr Martin erstaunt. »Ich glaubte, es sei nur eine Ruine.«

»Nein, nein, das Haus gehört meinem Sohn. Es ist ein Gasthaus, mein Herr. Und gutes Essen gibt es dort. Große Leute kommen her, berühmte Leute. Sie sagen alle, daß das Essen gut ist, sehr gut!«

Niemand konnte sich vorstellen, daß berühmte Leute sich in dieser Ruine aufhalten sollten. Die alte Frau merkte, daß man ihr nicht glaubte, und faßte Herrn Martins Arm.

»Ich sage die Wahrheit. In das Gasthaus meines Sohnes kommen Sir Richard Ballimor und Professor Hallinan und . . .«

Diese Namen kannte Herr Martin. »Der eine ist ein bekannter Botaniker, der andere ein nicht weniger bekannter Ornithologe, ein Mann, der sich mit Vogelkunde beschäftigt«, erklärte er den aufmerksam lauschenden Kindern. Dann wandte er sich wieder an die alte Frau.

»Gibt es viele Blumen hier?« fragte er. »Und seltene Vögel?«

Die Alte nickte. »Ja, viele, in den Hügeln und in der Nähe der Höhlen und auf den Klippen. Die Herren kommen, um sie zu studieren, ich sagte es Ihnen schon. Mein Sohn kennt sie gut. Es schmeckt ihnen bei ihm. Wollen Sie auch dort bleiben? Es sind jetzt nicht viele Gäste da. Die Zeit ist günstig, und das Essen ist gut, sehr gut, mein Herr.«

»Nun, warum sollten wir uns dort nicht einmal umsehen«, sagte Herr Martin und bezahlte. »Vielen Dank, Frau Jones, das Eis war ausgezeichnet. Gibt es einen Weg hinauf?«

»Er ist sehr steil, mein Herr. Sie sollten langsam fahren«, die alte Frau lächelte befriedigt, daß Herr Martin ihren Rat befolgen wollte. »Es wird gut gekocht, sehr, sehr gut!«

Sie gingen zurück zum Wagen. »Das gute Kochen ist ihr zu Kopf gestiegen«, lachte Robert. »Jetzt bin ich wirklich gespannt, wie das alte Gemäuer von innen aussieht. Vielleicht ist es sehr hübsch, da oben zu wohnen, und die Hauptsache, man kann hier herrlich baden, und . . .«

»Und wunderbar spazierengehen«, sagte Barny.

»Und fischen«, sagte Robert wieder und beobachtete ein kleines Boot in der Bucht, das mit dem Wind hinaussegelte.

»Und es gibt keine Badegäste«, sagte Fräulein Pfeffer.

»Dafür viele Vögel«, lachte Dina.

»Und den Vogel der Vögel hast du«, grinste Robert, und Dina gab ihm einen Puff.

»Also dann wollen wir fahren«, sagte Herr Martin, und langsam rollte der Wagen den steilen Weg bergan. »Und nun bin ich gespannt, was uns dort oben erwartet.«

VI

Das Zimmer mit der schönen Aussicht

Der Wagen kroch im Zickzack den steilen Weg hinauf, und je höher sie kamen, desto schöner wurde die Aussicht.

Dina starrte gebannt hinunter auf die stille Bucht und das offene Meer.

»Oh, seht doch nur«, rief sie, »wie schön! Wie glücklich müssen die Leute im alten Gasthaus sein! Und der Blick auf die Hügel ist genauso wunderbar.«

»Überwältigend«, sagte Fräulein Pfeffer. »Und habt ihr schon einmal soviel Heidekraut gesehen? Alle Abhänge sind damit bewachsen, über und über mit lilablühendem Heidekraut.« Ihre kurzsichtigen Augen zwinkerten begeistert.

»Tatsächlich, ich hoffe jetzt, daß es möglich sein wird, in diesem alten Gasthaus Unterkunft zu finden. Noch nie in meinem Leben habe ich einen ähnlichen Anblick genossen.«

Endlich waren sie oben angelangt. Das alte Gebäude wirkte ziemlich baufällig, jedenfalls zum Teil. Über der Tür hing ein Schild mit der Aufschrift: »Penrhyndendraith Gasthaus«.

»Der Himmel mag wissen, wie das ausgesprochen wird«, sagte Dina. »Reichlich dunkel scheint es übrigens da drinnen zu sein. Und wie macht man sich bemerkbar? Klingeln wir?«

»Ja, wenn eine Klingel da ist, aber ich kann keine entdecken«, sagte Robert, »auch keinen Türklopfer. Wollen wir rufen?«

»Ist da jemand?« schrie Barny, und alle fuhren zusammen.

Und gleich darauf kam ein kleiner Junge mit strohblondem Haar um die Hausecke gestürzt, gefolgt von einer großen, grauen Gans. Er rief ihnen etwas in seiner seltsamen Mundart zu und verschwand im Eingang, während die Gans eilig hinter ihm herwatschelte.

»Nun«, lächelte Fräulein Pfeffer, »ich nehme an, dieser Kleine und sein gefiederter Begleiter werden den Wirt bald herbeischaffen. Ah, da haben wir schon jemanden!«

Eine überaus rundliche, kleine Frau hastete heraus, hinter ihr der strohblonde Junge und hinter ihm die graue Gans.

»Guten Tag«, sagte Herr Martin, »Frau Jones aus dem

Dorf schickt uns und . . .« Die dicke Frau strahlte über ihr ganzes rosiges Gesicht und unterbrach ihn mit einer in unglaublicher Geschwindigkeit hervorgebrachten Rede.

»Ja, ja, mein Herr. Sie ist meine Schwiegermutter und kennt unser Gasthaus genau. Es ist ein gutes Gasthaus, das ist wahr, mein Herr. Wir haben oft berühmte Leute bei uns. Sie sollten nur einmal in unser Gästebuch sehen, all die feinen Leute, die da drinstehen, und mein Mann, der Llewellyn, ist der beste Koch, den es gibt. Er hat in London gelernt, in einem großen Hotel, mein Herr. Er kocht sehr gut, sehr, sehr gut.«

»Ja, also, was ich fragen wollte«, unterbrach Herr Martin hastig, denn er fürchtete, die dicke Frau würde ihren Lobgesang so bald nicht beenden, »was wir wissen wollten, ist . . .«

»O ja, mein Herr, fragen Sie nur.« Die Frau nickte und strahlte. »Kommen Sie doch herein, mein Herr, und sehen Sie sich an, wie hübsch es bei uns ist und wie gut bei uns gekocht wird. Riechen Sie es? Können Sie erraten, was gerade gebraten wird? Das ist mein Ehemann, mein Llewellyn, er ist immer in der Küche, den lieben, langen Tag.«

Das klang genauso, als würde der arme Ehemann auf dem Rost gegrillt, und Dina konnte gar nicht wieder aufhören zu kichern. Unterdrückt in sich hineinglucksend, ging sie als letzte durch den dunklen Eingang hinter den anderen her. Die Frau redete und redete und zeigte ihnen voller Stolz zuerst das riesige, mit schweren Möbeln eingerichtete Speisezimmer und führte sie dann eine Steintreppe hinauf zu den Schlafräumen.

»Die Betten sind sehr gepflegt, mein Herr, und die Aus-

sicht ist herrlich, ganz herrlich. Haben Sie so etwas schon gesehen?«

Sie hatte recht. Der Blick war einzigartig, und alle drängten ans Fenster. »Und wir sind nicht teuer«, versicherte die kleine Frau, »kommen Sie zu uns, wenn Sie in dieser Gegend bleiben wollen. Und das Essen ist gut, sehr, sehr gut, mein Herr, sehr, sehr . . .«

Miranda bereitete dem Redestrom ein plötzliches Ende, indem sie auf den Rücken der Gans sprang. Die Gans schnatterte wild vor Schreck, und der kleine Junge versuchte, Miranda zu greifen. Die aber saß mit einem Satz auf seiner Schulter, und er schrie entsetzt. Doch im nächsten Augenblick war sie schon wieder bei Barny gelandet.

»Tut mir leid«, sagte er zu der ihn fassungslos anstarrenden Frau, »Miranda ist sehr neugierig, und alles, was sie nicht kennt, muß sie sich gleich genau ansehen.« Er trat einen Schritt zurück. »Oh, die Gans! Sie ist doch nicht gefährlich?«

Zischend und flügelschlagend, mit weit vorgestrecktem Hals, fuhr das große Tier auf ihn los.

»Bring Watschel hinaus, David«, befahl die Wirtin ärgerlich. »Mußt du sie denn immer mit dir herumschleppen, sogar im Haus? Wie oft habe ich es dir schon verboten.« Sie wandte sich wieder den anderen zu, doch ehe sie mit einer neuen, endlosen Rede beginnen konnte, sagte Herr Martin schnell:

»Könnten Sie meinen Sohn und seine Freunde und diese Dame hier, Fräulein Pfeffer, die die Kinder beaufsichtigen wird, beköstigen? Und daß ich es nicht vergesse, ein Junge mit seinem Hund wird noch dazukommen, vielleicht schon morgen. Die Dame und das Mädchen würden hier schlafen, die Jungen im Wohnwagen.«

»Oh, es wird mir eine Ehre sein, mein Herr«, rief die kleine Frau entzückt. »Eine Ehre, mein Herr. Ich heiße Jones, und natürlich will ich gern für alle sorgen. Sie sollen das beste Essen haben, das verspreche ich, und fischen können sie gehen und picknicken, sooft sie wollen. Das Essen ist wirklich sehr, sehr gut, und . . .«

»Vielen Dank«, sagte Herr Martin. »Fräulein Pfeffer, Sie sind doch einverstanden? Die Kinder sind es ohne Zweifel, das sehe ich ihnen an der Nasenspitze an.«

»Sicher, es scheint mir genau das zu sein, was wir suchen«, lächelte die alte Erzieherin. »Und meine Schutzbefohlenen finden hier alles, was ihr Herz begehrt, und was mich betrifft, so werde ich mich an der wundervollen

Aussicht und an herrlichen Spaziergängen ergötzen. Ja, ich bin dafür, daß wir bleiben.«

»Prima, prima, prima!« schrie Dina und umarmte Fräulein Pfeffer stürmisch. »Und Stubs wird es auch gefallen, das weiß ich genau. Wann kommt er denn, Herr Martin?«

»Sowie ich unten im Dorf bin, werde ich telefonieren. Wahrscheinlich wird er schon morgen hier sein können. Er kann mit dem Zug bis zur nächsten Stadt fahren und dann ein Taxi nehmen. Hoffentlich verträgt sich Lümmel mit diesem Untier, der Gans, wie hieß sie doch? Watschel?«

Fräulein Pfeffer lächelte schwach. »Es scheint, die Ferien werden doch turbulenter, als wir annahmen, nun, da Stubs mit Lümmel zu uns stößt. Eine Gans, ein Hund und ein Äffchen, dieses Trio könnte sich zu einer wahren Plage auswachsen.«

»Sie wollen schon fort, mein Herr?« sagte Frau Jones bedauernd, als Herr Martin sich zum Gehen wandte. »Sie wollen nicht bleiben? Sie wollen nicht das gute Essen probieren?«

»Nein, leider nicht. Ich werde jetzt den Wohnwagen heraufbringen. Wenn Sie mir inzwischen eine Tasse Kaffee machen könnten?«

»Aber gewiß, mein Herr, gewiß. Sie sollen Kaffee bekommen und frische Brötchen und Butter dazu«, sagte Frau Jones eifrig und lief die Treppe hinunter.

»Staunenswert!« stöhnte Robert. »Einfach phänomenal, redet ohne Punkt und ohne Komma. Woher sie wohl den langen Atem dazu nimmt? Na, jedenfalls werden wir uns nicht über mangelnde Unterhaltung zu beklagen haben. Das steht fest.«

»Schadet nichts«, lachte Dina. »Ich finde sie ganz nett. Ich höre ihr gern zu, sie ist furchtbar komisch, und ich freue mich, daß wir hier bleiben, ich freue mich sehr! Und was Stubs wohl sagt? Ich wette, er ist begeistert!«

»Robert und Barny, wollt ihr mir helfen, den Wohnwagen heraufzubringen?« fragte Herr Martin jetzt. »Es wird eine schwierige Sache werden, bei den vielen Windungen, Ihr könnt hinterhergehen, und mir zurufen, wenn ich die Kurve zu scharf nehme.«

»Machen wir!« riefen sie, liefen zum Wagen und sprangen hinein. Währenddessen schlenderten Fräulein Pfeffer und Dina durch alle Zimmer.

»Sie wirken ein bißchen wie Klosterzellen, mit ihren Steinwänden und -fußböden«, sagte Dina. »Wir wollen das mit der schönsten Aussicht nehmen, ja?«

Sie entschlossen sich für ein Zimmer mit zwei Fenstern, von denen das eine den wunderbaren Blick über das Meer bot, das andere dagegen den über die Hügel. Zwei schmale Betten standen in dem einfachen Raum, und die Wände waren teilweise mit schweren Vorhängen verkleidet. Fräulein Pfeffer betrachtete interessiert eine große geschnitzte Truhe.

»Sie scheint sehr alt zu sein«, sagte sie, »und sicher sehr kostbar.«

»Unsere paar Habseligkeiten werden wir gar nicht darin wiederfinden«, lachte Dina.

»Und sieh dir nur diesen riesigen Kamin an«, rief Fräulein Pfeffer aus einer Ecke, »man könnte meinen, ein Bett fände Platz darin.«

Dina untersuchte ihn genau, steckte den Kopf hinein und schrie: »Der Himmel! Da oben ist der Himmel! Es schimmert ganz blau über dem dunklen Schorn-

stein! Ja, das ist der größte Kamin, den ich je gesehen habe.«

In diesem Augenblick erschien Frau Jones in der offenen Tür, nickte und lachte: »Ich will Ihnen unser bestes Zimmer zeigen. Dieses hier ist nicht gut genug.«

»Aber es bietet eine so wunderbare Aussicht«, sagte Fräulein Pfeffer entzückt, »und zudem ist es sehr gemütlich.«

»Nein, nein, es ist nicht gut genug, meine Dame«, beharrte die kleine Frau, »das andere ist besser, viel besser. Sie sollen das schönste haben. Kommen Sie, ich zeige es Ihnen.«

Sie nahm Fräulein Pfeffer am Arm und führte sie hinüber. Das Zimmer war tatsächlich komfortabler, aber der Blick längst nicht so großartig.

»Nein, ich nehme doch lieber das andere«, sagte Fräulein Pfeffer mit Nachdruck. »Der Aussicht wegen, wissen Sie.«

Frau Jones sah plötzlich sehr bedrückt aus. »Ich möchte viel lieber, daß Sie das größte und beste Zimmer bekommen. Sie sollten es sich wirklich noch einmal überlegen.«

Aber Fräulein Pfeffer sah wahrhaftig keinen vernünftigen Grund, sich umstimmen zu lassen. Sie lächelte freundlich und schüttelte den Kopf. »Vielen Dank, Frau Jones, aber wir haben uns entschieden. Und nun wollen wir hinuntergehen und sehen, ob Herr Martin mit dem Gepäck da ist.«

Sie gingen zur großen Eingangstür, wo er und die Jungen schon vor dem Wohnwagen warteten. Die Koffer standen auf den Steinstufen.

»Und wie ist es mit meinem Kaffee?« fragte Herr Martin. »Ich muß mich beeilen.«

»Der Kaffee und die Brötchen! Ja, ja, mein Herr, sofort,

mein Herr«, rief Frau Jones und verschwand eilig in dem dunklen Flur, der zur Küche führte. »Warten Sie eine Minute, nur eine Minute. Das Essen bei uns ist . . .«

»Sehr, sehr gut«, beendeten alle lachend im Chor den Satz.

VII

Geräusche stören mich nicht

Als Herr Martin abgefahren war und die Kinder ihm zusammen mit Miranda nachgewinkt hatten, bis er hinter der ersten Wegbiegung verschwand, stöhnte Robert:

»Kinder, bin ich satt! Es ist einfach unvorstellbar, wieviel man hier zu essen bekommt. Habt ihr schon einmal so knusprige Brötchen gesehen? Acht habe ich verdrückt!«

»Das Essen ist gut, sehr, sehr gut«, kicherte Dina, »das findet sogar Miranda, sie hat sich zwei aus dem Korb geangelt. Wie spät ist es eigentlich? Oh, schon halb sechs. Und was machen wir nun?«

»Ein bißchen auspacken«, sagte Fräulein Pfeffer schnell, »und ein bißchen einräumen. Steht der Wohnwagen dort drüben auch sicher? Der Abhang ist ziemlich steil, scheint mir.«

»Wir können ja etwas vor die Räder legen«, beruhigte Barny.

Während er und Robert Steine herbeischleppten, gingen Fräulein Pfeffer und Dina in ihr Zimmer hinauf. Sie hatten erwartet, ihre Koffer dort zu finden, aber es war nicht so!

»Sollte diese Frau Jones sie in das ›beste Zimmer‹ gebracht haben?« sagte Fräulein Pfeffer ärgerlich. »Geh, Dina, und sieh einmal nach.«

Dina lief hinaus und kam sofort zurück. »Sie stehen wirklich drüben! Verrückt, sie weiß doch, daß wir hier wohnen wollen!«

»Nun, wir werden sie uns holen«, entschied Fräulein Pfeffer, die keine Lust verspürte, sich von Frau Jones

bevormunden zu lassen. Und im Handumdrehen war das Gepäck herbeigeschafft, ausgepackt und die Sachen in den Fächern der großen Truhe untergebracht.

Gerade hatten sie die Arbeit beendet, als es klopfte. »Herein!« rief die alte Erzieherin.

Ein langer, dünner Mann mit Brille erschien in der Tür. »Guten Abend«, sagte er. »Ich bin Jones, der Wirt. Sie befinden sich im falschen Zimmer, meine Dame, bitte, mir in unser bestes zu folgen.«

»Ich habe mich für dieses entschieden«, erklärte Fräulein Pfeffer kurz. »Ich bevorzuge es der Aussicht wegen.«

»Ich fürchte, meine Dame, es wird Ihnen hier nicht

gefallen«, sagte Herr Jones und warf ihr einen schnellen Blick zu.

»Sprechen Sie nicht in Rätseln.« Fräulein Pfeffer betrachtete ihn kühl. Mochte er auch gut kochen, sehr sympathisch fand sie ihn nicht. »Warum sollte es uns nicht gefallen?«

Herr Jones räusperte sich und sagte dann langsamer: »In diesem Zimmer hört man nachts manchmal Geräusche.«

»Oh, wie aufregend«, kicherte Dina. »Heulen, Schreien, Stöhnen oder was?«

»Du lachst«, sagte Herr Jones, »aber das Lachen wird dir vergehen, wenn du sie hörst, die Geräusche um Mitternacht, wenn es zwölfmal vom Kirchturm schlägt.«

»Nun, wir werden es ja erleben.« Fräulein Pfeffer klappte den Deckel der Truhe unsanft zu. »Dann werden wir sehen, ob wir lachen oder nicht. Wenn Sie mir erzählen wollen, daß es hier spukt, dann verschwenden Sie Ihre Zeit. Ich glaube nämlich nicht an dergleichen Unsinn!«

Ohne noch ein Wort zu sagen, verschwand Herr Jones. Die alte Erzieherin sah Dina an, und ihre Augen zwinkerten freundlich hinter den dicken Brillengläsern. »Wenn ich nicht so eine widerspenstige Person wäre, säßen wir jetzt in dem ›besten Zimmer‹. Doch ich sehe tatsächlich keinen vernünftigen Grund, nicht hier zu bleiben. Sogar die Betten scheinen recht bequem zu sein.«

Wenig später gingen sie hinunter, um nach Robert und Barny Ausschau zu halten. Fräulein Pfeffer inspizierte den Wohnwagen und war sehr zufrieden, als sie alles sauber und aufgeräumt vorfand. Sie nickte den Jungen zu. »Das habt ihr gut gemacht.«

Und während sie noch alle beisammen standen und sich unterhielten, kam die große, graue Gans um die Ecke gewatschelt, und hinter ihr erschien pfeifend der kleine, strohblonde Junge.

Er ging geradewegs auf den Eingang zu und guckte in den Wagen. Die Gans tat mit vorgestrecktem Hals dasselbe, und es schien, als wolle sie die Stufen hinaufsteigen.

»Das ist nicht erlaubt«, sagte Robert lachend und ging auf sie zu, »Gänsen ist der Eintritt verboten!«

Die Gans zischte und hob die Flügel, aber als der kleine Junge seine Arme um sie legte, beruhigte sie sich. Der Kleine starrte Robert aus seinen schwarzen Augen andächtig an.

»Wie heißt du denn?« fragte Dina.

»David«, sagte der Junge.

»Ein schöner Name«, lobte sie. »Willst du dir unseren Anhänger einmal von innen angucken? Oder hast du schon einmal einen gesehen?«

David verstand wohl gar nicht, was sie meinte, griff aber hastig nach ihrer Hand und ging mit ihr hinein. Er befühlte jedes Stück und ließ endlich einen schmalen Kamm in seiner Hosentasche verschwinden.

»He du«, sagte Barny amüsiert, »das ist meiner. Leg ihn wieder hin!«

Aber David schüttelte den Kopf und griff nach einer Tube Zahnpasta. Er untersuchte sie sehr gründlich und merkte plötzlich, daß sich jemand an seiner Hosentasche zu schaffen machte. Es war Miranda, die den Kamm hervorzog. Dieser kleine Schmutzfink sollte sich nicht einbilden, daß er etwas von Barnys Sachen nehmen konnte. O nein!

Sie sprang auf Barnys Schulter, schnatterte ärgerlich und

fing an, sein dichtes Haar zu kämmen. David betrachtete sie ängstlich und mit gerunzelter Stirn, sagte etwas in seiner fremden Mundart und schüttelte die geballte Faust gegen sie. Miranda schnatterte immer wilder und warf ihm, wie es schien, die schlimmsten Schimpfwörter an den Kopf.

Und draußen schnatterte Watschel noch wilder als sie.

Miranda hörte es, sprang auf den Boden und von da mit einem einzigen Satz auf den Rücken der Ärmsten und umklammerte sie fest.

Diese war so erschrocken, daß sie zischend mit weit vorgestrecktem Hals und mit weit ausgebreiteten Flügeln, Miranda im Genick, davonrannte. Die Kinder bogen sich vor Lachen, aber David war sehr böse darüber, daß jemand seine Freundin so ärgerte, und begann, alle der Reihe nach mit den Fäusten zu bearbeiten.

»Na, na«, grinste Barny und hielt seine Hände fest, »na, na«, sagte er wieder, »das Äffchen wird deinem Gänschen schon nichts tun. Lauf hinterher, und ich rufe Miranda zurück. Und noch eins, du darfst nie in den Wohnwagen gehen, wenn niemand darin ist, hörst du!«

David brummte etwas Unverständliches, entwand sich seinem Griff und war wie der Blitz verschwunden, laut nach Watschel rufend.

»Was sagt ihr dazu?« wandte sich Robert an die anderen. »Ich bin dafür, den Wagen jedesmal abzuschließen, wenn wir weggehen.«

»Seine Mutter sollte ihm ein wenig auf die Finger klopfen«, lächelte Fräulein Pfeffer, »so etwas wirkt manchmal Wunder. Nein, es ist doch kaum zu fassen, nimmt den Kamm direkt unter unseren Augen. Ich glaube, Dina, wir werden unser Zimmer besser auch abschließen. Ah, da kommt ja Miranda von ihrem Ausflug zurück.«

Miranda war sehr zufrieden mit sich, und sie hatte den feinen Ritt bis zum Kuhstall, ein Stück den Hügel hinauf, außerordentlich genossen.

»Du solltest dich besser benehmen«, drohte Barny, »David ist nicht besonders gut auf dich zu sprechen.«

»Das arme Watscheltier, wie wird es sich erst wundern,

wenn Stubs und Lümmel auftauchen«, kicherte Dina. »Das wird ein Theater mit dieser Menagerie.«

»Ihr beide seid also hier gut untergebracht«, wandte sich Fräulein Pfeffer nun an die Jungen, »und Dina und ich, wir sind aus dem Kampf um unser Zimmer als Sieger hervorgegangen, obwohl Herr Jones uns mit seinen Spukgeschichten unbedingt daraus zu vertreiben suchte. Er stellte nämlich die Behauptung auf, man würde zuzeiten durch nächtliche Geräusche aus dem Schlaf geschreckt.«

»Ach, haben Sie ihn auch schon genossen?« sagte Barny. »Er sieht nicht gerade sehr vergnügt aus, nicht wahr? Robert und ich glauben, daß er einen geheimen Kummer haben muß. Aber wie kommt er nur darauf, Ihnen solche Ammenmärchen aufzutischen?«

»Oh, es wird nichts weiter sein, als daß sie stolz auf ihr ›bestes Zimmer‹ sind, und Herr Jones begreift nicht, daß man eines nur der Aussicht wegen einem größeren, komfortableren vorzieht.«

Dina lachte. »Mich kann nichts schrecken, weder unheimliche Geräusche, noch verzogene Gänse, noch langfingerige, kleine Jungen, wenigstens solange nicht, wie wir gutes Essen, sehr, sehr gutes Essen bekommen. Ich bin nur gespannt, was es zum Abendbrot gibt.«

Sie waren einfach erschlagen über das, was Frau Jones alles auftischte. Zuerst gab es Hühnersuppe, dann ein großes Stück Rinderbraten mit Unmengen gerösteter Kartoffeln und jungen Erbsen und zum Nachtisch einen Eiscremepudding mit den feinsten Biskuits.

»Du meine Güte!« staunte Robert, »das ist das beste Essen, das ich bekommen habe, seit Vater uns damals in das große Hotel in London einlud. Seht euch diesen

Pudding an«, sagte er mit großartiger Gebärde, »ersterbt vor Ehrfurcht! Genug für zwölf von unserer Sorte. Sollen wir das alles alleine bewältigen, Fräulein Pfeffer?«

»Nun«, lächelte sie und zwinkerte ihm hinter ihren Brillengläsern zu, »ob ihr sollt oder nicht, ich bin jedenfalls überzeugt davon, daß ihr es schafft, ohne Schwierigkeiten!«

Und sie behielt recht. Miranda bekam das letzte Biskuit, hockte auf Barnys Schulter und beknabberte ihn. Frau Jones erschien strahlend, um abzuräumen.

»Hat es geschmeckt?« erkundigte sie sich und lachte geschmeichelt, als alle im Chor riefen:

»Das Essen war gut, sehr, sehr gut!«

VIII

Hallo, Stubs!

Sie waren alle schläfrig geworden nach dieser nahrhaften Mahlzeit und gähnten verstohlen, als Frau Jones mit einem silbernen Tablett erschien, auf dem eine Reihe Kaffeetassen stand.

»Du lieber Himmel«, staunte Fräulein Pfeffer heftig zwinkernd beim Anblick des glänzenden Silbers und des dampfenden Mokkas. »Kein Wunder, daß bekannte Persönlichkeiten diesem Gasthaus den Vorzug geben. Wenn man bedenkt, eine derartige Verpflegung auf dem Lande, erstaunlich! Wer möchte Kaffee trinken?«

»Ich nehme alles, was mich ein bißchen munterer macht«, sagte Barny, der einen aussichtslos scheinenden Kampf mit der Müdigkeit führte. »Miranda, der Zucker ist nicht für dich. Dina, gib ihr eins auf die Pfote. Sie ist nicht besser als dieser kleine Langfinger David.«

Irgendwoher aus dem Dunkel der riesigen Diele kam ein schrilles Klingeln. »Das Telefon!« sagte Fräulein Pfeffer. »Vielleicht ist es für uns, vielleicht Nachricht von eurer Tante und hoffentlich gute.«

Frau Jones hastete herein. »Ein Gespräch für Sie, meine Dame.« Die alte Erzieherin erhob sich, um ihr zu folgen, und kehrte bald darauf zurück.

»Euer Onkel war am Apparat. Barnys Vater hat ihn angerufen und ihn gebeten, Stubs morgen früh in den Zug zu setzen. Der war übrigens außer sich vor Freude und Lümmel natürlich nicht weniger.«

Alle lachten, und Robert grinste. »Diese beiden Vollidioten! Komisch, ich freue mich, daß wir sie bald wieder bei uns haben, auch wenn sie manchmal eine Plage sind. Komisch, aber wenn sie da sind, ist immer Leben in der Bude. Und wann kommen sie?«

»Wahrscheinlich mit dem Halbzwölf-Uhr-Zug. Er hält in Dilcarmock, fünf Kilometer von hier. Ich werde ein Taxi bestellen, das sie abholt. Euer Onkel war übrigens sehr zufrieden, denn der Tante geht es schon besser.«

Roberts Grinsen wurde breiter. »Morgen wird er noch viel zufriedener sein, nämlich dann, wenn er Stubs los ist. Das letztemal, als er dort war, hatte er sich etwas ganz Besonderes ausgedacht. Von früh bis spät zog er durch das Haus, tat so, als ob er ein Negersänger sei, spielte auf einem nicht vorhandenen Banjo und sang so laut dazu, daß Onkel und Tante zum Schluß nicht mehr wußten, ob sie sich nicht in einer Irrenanstalt befanden.«

Fräulein Pfeffer nickte verständnisvoll und seufzte. Oh, sie kannte das. Im letzten Sommer, in Rubadub, hatte er zur Genüge allerlei Instrumente nachgeahmt und bei einer Varietéveranstaltung sogar einen Preis für diese Kunststücke eingeheimst. »Hoffentlich kommt er nicht auf den Gedanken, auch hier als Negersänger aufzutreten«, sagte sie besorgt. »Möchte noch jemand etwas Kaffee?«

Nein, sie mochten nichts mehr. Sie waren müde und hatten wieder angefangen zu gähnen. Die alte Erzieherin lächelte. »Nun, es ist auch bald neun Uhr, und es war ein langer Tag. Ich schlage vor, wir gehen jetzt zu Bett. Das heißt, ihr beide in eure Kojen im Wohnwagen. Schlaft gut, morgen beim Frühstück sehen wir uns wieder. Um halb zehn Uhr müßt ihr wohl erscheinen, und wer Lust hat zu baden, kann es noch vorher tun, Zeit ist ja genug.«

»Ja, dann werden wir jetzt gehen, ich schlafe schon halb«, sagte Robert, stand auf und gab ihr die Hand. »Ich wollte mich noch bei Ihnen bedanken. Ich finde es sehr ordentlich, daß Sie bei uns geblieben sind, nach der verunglückten Wohnwagenfahrt. Und hoffentlich werden Sie heute nacht nicht durch Geräusche gestört.«

»Dann öffnen wir das Fenster und rufen euch zu Hilfe«, lächelte sie, sehr erfreut über seine Worte.

Auch Barny stand auf. Er lachte. »Und was diese Geräusche anbetrifft«, sagte er, »falls Sie wirklich etwas hören sollten, so werden wir ihnen schon auf die Spur und diesem albernen Herrn Jones auf den Kopf kommen.«

»Das ist eure letzte ruhige Nacht«, kicherte Dina, »darüber seid ihr euch doch im klaren? Morgen abend werden Stubs und Lümmel schon dafür sorgen, daß ihr nicht zu schnell ins Land der Träume segelt.«

Die Jungen gingen, und Fräulein Pfeffer und Dina stiegen die Treppe hinauf. Auf dem Flur begegneten sie der Wirtin. »Das Abendbrot war einzigartig, Frau Jones. Ist Ihr Mann Koch?«

»Ja, meine Dame«, sagte die kleine Frau stolz. »Er hat in London in einem der größten Hotels gelernt. Wir waren zufrieden dort. Wir hatten unser gutes Auskommen. Ich war Stubenmädchen und er zweiter Koch. Ich wäre gerne dageblieben, aber nein, mein Llewellyn wollte zurück, hierher, wo er geboren ist. Er kocht gut, sehr gut!«

Fräulein Pfeffer nickte, ging weiter und überlegte, ob sie ihre Sachen wohl noch an Ort und Stelle finden würden, oder ob man sie vielleicht wieder in das »beste Zimmer« gebracht hatte. Doch einen Augenblick später sah sie erleichtert, daß ihre Sorge unbegründet gewesen war, und mit noch größerer Erleichterung bemerkte sie, daß ein Schlüssel im Schloß steckte.

»Nun können wir wenigstens abschließen, wenn wir hinuntergehen. Dieser David, dieser neugierige kleine Bursche, würde aller Wahrscheinlichkeit nach, tatkräftig unterstützt von seiner getreuen Watschelgans, das Unterste zuoberst kehren und zumindest sämtliche Kämme und Tuben Zahnpasta, deren er habhaft werden könnte, mitnehmen.«

Es dauerte nicht lange, und sie lagen im Bett und schliefen fest. Ob in dieser Nacht Geräusche zu hören waren? Vielleicht nur der Wind im Kamin? Sie hätten es nicht sagen können. Sie lagen weich und bequem, und manchmal bewegte ein Luftzug die Vorhänge am offenen Fenster.

Sie schliefen so tief, daß am nächsten Morgen erst Frau Jones' Klopfen sie weckte.

Das Frühstück war nicht weniger gut als das Abendessen am Tage vorher. Es bestand aus Schinken, Eiern, Toast, Marmelade, Butter und dampfend heißem Kaffee.

Robert warf einen anerkennenden Blick über den Tisch. »Stubs wird gleich erkennen, daß man hier sehr, sehr gut kocht«, sagte er, kniff ein Auge zu und nahm sich das zweite Ei. »Und das Taxi? Ist es bestellt, Fräulein Pfeffer, oder soll ich das vielleicht erledigen?«

»Nein, danke, das hat Zeit bis nach dem Frühstück. Habt ihr übrigens schon gebadet? Eurem Appetit nach zu urteilen, möchte ich es beinahe annehmen.«

»Noch nicht«, sagte Robert grinsend, »wir haben wie die Murmeltiere geschlafen, und wir wären jetzt noch nicht wach, wenn David nicht ins Fenster geguckt hätte und Miranda nicht hinter Watschel hergerast wäre. David hat geschrien, und Watschel hat geschnattert, und wir sind hochgefahren, und aus war's mit unserem Schlaf! Warum findet sich nicht endlich jemand, der diesem Jungen einmal etwas auf den Hosenboden gibt?«

»Das nächstemal bin ich dieser Jemand«, lachte Barny.

Fräulein Pfeffer lächelte und ging dann, um zu telefonieren. »Das Taxi wird um halb zwölf Uhr hier sein«, sagte sie. »Ich denke, es wird euch Vergnügen bereiten, Stubs abzuholen. Es ist übrigens der einzige Wagen im Dorf, und ich hoffe, er ist nicht zu alt, um seine Pflicht zu tun.«

»Hauptsache, er tut's bis zum Bahnhof und zurück«, sagte Barny und strahlte. Er freute sich sehr auf das Wiedersehen mit seinem Freund. »Vorher können wir noch baden, an den Merlin-Höhlen soll der Strand ja so wunderbar sein.«

Dieser Meinung war auch Frau Jones, die hereinkam, um den Tisch abzuräumen. Hinter ihr erschien, wie sollte es anders sein, David mit seiner unvermeidlichen Begleiterin Watschel, die sich für einen übriggebliebenen Toast interessierte. Sie reckte den Hals, schielte mit einem Auge über den Tischrand und schnappte ihn dann vom Teller. Frau Jones war anscheinend an derartiges Benehmen gewöhnt und fand nichts dabei, dafür Miranda um so mehr. Sie stürzte sich auf die Diebin, entriß ihr den Toast und zog sie tüchtig an den Schwanzfedern.

Davids Augen funkelten, voller Wut wollte er auf das Äffchen losgehen, aber Barny hielt ihn zurück.

»Laß das, oder willst du gebissen werden? Affen haben spitze Zähne, ich werde sie dir zeigen. Komm her, Miranda.«

Der Kleine starrte auf das scharfe Gebiß und wandte sich dann, etwas Unverständliches brummend, ab.

»Er sagt, niemand darf seiner Gans etwas tun«, erklärte Frau Jones und setzte die Teller zusammen. »Geh hinaus, geh mit Watschel hinaus, David. Du weißt, daß du sie nicht mitbringen sollst, wenn wir Gäste haben.«

Er gehorchte mit finsterer Miene, und Frau Jones erzählte:

»Watschel war noch sehr klein, da brach sie sich ein Bein, und wir haben es mit einem Stöckchen geschient, und David hat jeden Tag bei ihr gesessen, den lieben langen Tag hat er sie nicht verlassen, und das ging so lange, bis sie gesund war. Nun läuft sie ihm auf Schritt und Tritt nach, und die beiden sind eine wahre Plage. Und wenn ich etwas sage, hören sie nur das, was sie hören wollen, und tun immer nur das, was sie tun wollen, und . . .«

Es schien, als wolle Frau Jones wieder eine ihrer nicht

enden wollenden Reden vom Stapel lassen, und Fräulein Pfeffer unterbrach sie hastig.

»Nun, es ist tatsächlich etwas ungewöhnlich, eine Gans im Haus zu haben.«

»Ungewöhnlich!« rief Frau Jones. »Das ist es, meine Dame, das ist es, aber was soll ich machen. Wenn ich David einen Klaps geben will, entwischt er mir jedesmal wie ein Aal, und an Watschel komme ich erst gar nicht heran. Sie geht, wohin sie will, und schnattert, wann und soviel sie will, und ...« Frau Jones hatte das Tablett genommen, und als sie den Flur entlangging und die anderen sie schon gar nicht mehr verstehen konnten, redete sie noch immer.

Die Jungen liefen lachend davon, um ihr Badezeug zu holen, kamen aber gleich zurück, weil sie es nicht fanden. »Fräulein Pfeffer, Fräulein Pfeffer, fragen Sie doch bitte Dina, ob sie unsere Badehosen bei ihren Sachen hat. Im Wohnwagen sind sie nicht.«

Dina durchsuchte sämtliche Schubladen, fand sie endlich, warf sie aus dem Fenster und kicherte, als eine von ihnen in den Rosen, die an der Mauer rankten, hängenblieb.

»So was Blödes!« schrie Robert. »Warum können Mädchen nie richtig werfen? Jetzt müssen wir erst eine Leiter holen!«

»Ich glaube, es ist das beste, ihr verschiebt Kletterpartie und Baden auf später«, sagte Fräulein Pfeffer nach einem Blick auf ihre Uhr. »Ich fürchte, ihr werdet sonst nicht rechtzeitig zurück sein, wenn das Taxi kommt.«

Und dann hörten sie plötzlich etwas und standen starr vor Staunen. Sie hörten eine ihnen wohlbekannte Stimme. Das war doch nicht möglich! Das war doch Stubs!

»Hallo, da bin ich!«

Jemand kam den Hügel herauf, schmutzig, mit Stroh in den Haaren, einen kleinen, schwarzen Spaniel hinter sich.

»Stubs!« schrie Robert. »Hallo, Stubs, wir wollten dich gerade abholen. Wie kommst du denn hierher? Dein Zug kann doch noch gar nicht da sein! Und wie siehst du aus! Wo kommst du, verflixt noch mal, so plötzlich her?«

IX

Ein heißes Bad für Stubs

Stubs lief auf sie zu. Er grinste über sein sommersprossiges Gesicht, und sein rotes Haar war vom Wind zerzaust.

Dina und Fräulein Pfeffer kamen heruntergelaufen. Das war wieder einmal typisch für ihn, so unerwartet zu erscheinen!

»Da staunt ihr, was?« sagte er und wirft einen triumphierenden Blick in die Runde. »Hab ich's doch gewußt!«

Die alte Erzieherin zwinkerte heftig hinter den dicken Brillengläsern. »O Kind, wo kommst du so plötzlich her, und warum hast du dich so entsetzlich beschmutzt? Und Lümmel, du liebe Zeit, das arme Tier ist ja über und über mit Stroh bedeckt.«

Stubs nahm ein paar Halme aus Lümmels Fell und sagte: »Ja, das war so: Der Onkel hat mir eine Fahrkarte für einen gräßlichen Bummelzug gekauft.« Er rieb sich mit einem schmutzigen Taschentuch sein noch schmutzigeres Gesicht. »Und dann habe ich herausgekriegt, daß vorher ein Eilzug fuhr, und den habe ich dann kurz entschlossen genommen. Na, und da bin ich natürlich Ewigkeiten früher in Dilcarmock angekommen und habe einen Wagen angehalten, der mit Stroh beladen war und nach Pen ... Penrhyn... Penrhyndend ..., ach, ich weiß nicht, wie dieser Blödsinn ausgesprochen wird, ist ja auch egal. Also, der Wagen wollte hierher. Teufel, ist der geschlichen, und das Stroh hat verdammt gepikt.«

»Du siehst aus wie eine Vogelscheuche!« rief Dina und betrachtete ihn mit schiefgelegtem Kopf.

»Ich hatte eigentlich erwartet, daß ihr vor Glück wahnsinnig werdet, wenn ich komme«, sagte er gekränkt. »Wißt ihr, ich konnte die Anwesenheit des Onkels nicht mehr ertragen«, fügte er langsam hinzu, »er hatte nämlich in letzter Zeit die lästige Angewohnheit, mich anzugucken, als sei ich ein Wurm, ich kam mir jedenfalls immer so vor. Außerdem hat er nie mit mir gespielt, vielleicht hat er ja gedacht, mit Würmern spielt man nicht.« Er schwieg und überdachte noch einmal den Blödsinn, den er geredet hatte, dann drehte er sich zu Miranda um. »Freust du dich wenigstens, daß ich da bin?«

Das Äffchen sprang auf seine Schulter, legte die Arme um seinen Hals und schnatterte ihm leise etwas ins Ohr. Ja, Miranda freute sich, ihn wiederzusehen.

Unterdessen beschäftigte sich Lümmel, nachdem er alle stürmisch begrüßt hatte, damit, die nähere Umgebung gründlich zu beschnüffeln. Er war entzückt von den verschiedensten neuen Gerüchen, aber dann, ganz plötzlich, sah er sich einem furchterregenden Untier gegenüber, das geradewegs, wie ein Dutzend Schlangen zischend, auf ihn zufuhr.

Es war Watschel, Watschel, die nicht das geringste für Hunde, Katzen und Affen übrig hatte. Wie kamen diese fremden Tiere dazu, sich in ihrem Revier breitzumachen?

Lümmel warf ihr nur einen scheelen Blick zu und trat dann eilig den Rückzug an. Was für ein Wesen sollte das um alles in der Welt sein? Vogel oder Schlange? Ein Vogel zischte nicht, und eine Schlange hatte keine Flügel, mit denen sie so gefährlich um sich schlagen konnte. Er stieß ein erschrecktes Jaulen aus und war mit ein paar Sätzen bei seinem Herrchen.

»Sei nicht blöde, mein Liebling, das ist ja nur eine Gans«, tröstete Stubs und wich im nächsten Augenblick selber

entsetzt zurück, als Watschel jetzt auch ihn aufs Korn nahm.

Mirandas Aufmerksamkeit war von alledem nichts entgangen. Und sie fand, daß es nun an der Zeit sei, einzugreifen und der Gans einen gehörigen Denkzettel zu verabfolgen. Mit einem Satz sprang sie auf den Rücken der Überraschten und schnatterte in den höchsten Tönen.

Jetzt war es Watschel, die davonjagte, den unheimlichen Reiter im Genick. Sie watschelte so schnell wie noch nie in ihrem Leben, mit vorgestrecktem Hals, und mit Miranda, die sich nicht abschütteln ließ, raste sie direkt ins Haus hinein.

Lümmels Mut kehrte augenblicklich zurück, und er

jagte wild bellend hinter den beiden her. Herr Jones, der aus der Küche schoß, um zu sehen, was es gäbe, traf auf die »wilde Jagd«, wurde von der in Panik dahinstürmenden Gans zu Fall gebracht, und Lümmel raste über ihn hinweg.

Fräulein Pfeffer stöhnte. Warum mußte nur immer gleich etwas Unangenehmes passieren, wenn Stubs auftauchte? Kaum erschien er auf der Bildfläche, geschah irgend etwas Verrücktes. Und da lag nun Herr Jones und versuchte mühsam, sich aufzurappeln.

»Oh, Herr Jones!« Fräulein Pfeffer hastete auf ihn zu, um ihm behilflich zu sein. »Hoffentlich haben Sie sich nicht verletzt! Welch unglückseliges Zusammentreffen, erst hat die Gans den Hund erschreckt, dann hat das Äffchen die Gans erschreckt, und . . .«

». . . dann hat die Gans Herrn Jones erschreckt, und dann hat Herr Jones den Hund erschreckt.« Stubs betrachtete den Wirt genießerisch, und dieser sah ihn wütend an.

»Verschwinde, du Schmutzfink, wird's bald? Was hast du hier verloren? Wage es nicht noch einmal, in ein Haus zu kommen, in dem anständige Leute wohnen!«

Niemand sagte ein Wort. Alle starrten zuerst ihn und dann Stubs an. Der sah an seinem schmutzigen Anzug herunter und warf Fräulein Pfeffer einen hilfesuchenden Blick zu.

Die räusperte sich, zwinkerte verlegen und gab endlich folgende Erklärung ab: »Ja, nun, äh, unser Stubs hier ist Dinas und Roberts Vetter. Herr Martin sagte Ihnen bereits, daß er heute eintreffen werde, Sie erinnern sich? Nach einer langen, beschwerlichen Reise ist er etwas mitgenommen und benötigt dringend ein Bad.«

Herr Jones starrte sie an, machte kehrt und hinkte, ohne ein Wort zu sagen, in seine Küche zurück. Fräulein Pfeffer nahm Stubs beim Arm.

»So«, sagte sie leise, »du nimmst jetzt ein Bad und schrubbst dich von oben bis unten ab. Wahrhaftig, ich verstehe nicht, wie man so wenig auf sich halten kann, ein Junge in deinem Alter!«

»Und wo ist die Gans geblieben?« fragte er, um die allgemeine Aufmerksamkeit von sich und seinem Mißgeschick abzulenken. »Ich bin schließlich verantwortlich dafür, daß Lümmel ihr nichts tut, wenn sie wieder aufkreuzt.«

Die alte Erzieherin lächelte. »Ich glaube, deswegen brauchst du dich nicht zu beunruhigen. Lümmel wird sich vermutlich in die dunkelste Ecke verkriechen, sobald er Watschel nur von weitem sieht.« Sie seufzte. »Ich bin nur froh, daß dieses Tier im Augenblick unsichtbar und Miranda wieder hier ist. O Kind, du hättest den richtigen Zug nehmen sollen, dann wäre das alles nicht geschehen! Hoffentlich setzen sie uns nun nicht den Stuhl vor die Tür, das Essen ist tatsächlich sehr . . .«

»Sehr gut«, vollendete Barny grinsend. Er legte den Arm um Stubs' Schultern. »Na, mach dir nichts draus, du Unglücksrabe. Wo hast du denn deinen Koffer? Hol dein Badezeug, wir gehen zur Merlin-Höhle, da wirst du unter Garantie sauber.«

»O nein«, widersprach Fräulein Pfeffer entsetzt, »ich fürchte, das Meer wird innerhalb von ein paar Minuten eine schwarze Färbung annehmen. Ist das übrigens alles, was du mitgebracht hast, nur diesen einen kleinen Koffer? Viel kannst du darin nicht untergebracht haben.«

»Ach, ich dachte, Robert kann mir was borgen, was ich vergessen habe«, sagte Stubs hoffnungsvoll. »Außerdem belaste ich mich nicht gern mit unnötigem Gepäck.« Und mit diesen Worten ging er widerspruchslos neben ihr her.

»Bin ich müde!« stöhnte er. »Komm, Lümmel, und hungrig auch. Mein Magen hängt schon ganz schief. Tolle Gegend hier, finden Sie nicht auch? Ich habe erst gedacht, dieser Kasten sei nur eine Ruine, und dann sagte mir der Fuhrmann, daß es das Gasthaus ist. Ich darf doch bei den anderen im Wohnwagen schlafen? Ich . . .«

»Kind«, rief die alte Erzieherin, »du redest und redest, du scheinst sehr nervös geworden zu sein, Ruhe und Erholung werden dir guttun. Nun warte hier auf mich, ich hole inzwischen eine Kanne heißes Wasser – und daß du nicht davonläufst, ja? Wenn Herr Jones dich noch einmal in diesem Aufzug antrifft, wirft er dich am Ende noch hinaus.«

»Nanu!« sagte Stubs mit erstauntem, unschuldigen Augenaufschlag. »Sie sind ja heute so scharf, richtig pfeffrig, und ich hatte mich so gefreut, Sie wiederzusehen.«

Fräulein Pfeffer lächelte und verschwand in dem dunklen Flur, der zur Küche führte. Dort fand sie Frau Jones, die an einem riesigen Abwaschbecken Geschirr wusch.

»Könnte ich bitte einen Krug heißes Wasser bekommen, einen großen, wenn ich bitten darf? Dinas und Roberts Vetter ist eben eingetroffen, und sein Äußeres ist von der langen Reise etwas mitgenommen.«

»Gewiß, gewiß, meine Dame«, sagte Frau Jones eifrig und griff nach einem riesigen Krug. »Ich bringe ihn ins Badezimmer, in zwei Minuten bin ich soweit, in zwei Minuten.« Und damit klappte sie den Mund zu, sagte nichts mehr und hastete zum Herd.

Fräulein Pfeffer war sehr erleichtert, daß sie sich so

bereitwillig und zugleich ausnahmsweise schweigsam zeigte, und ging, um Stubs zu holen.

Sie nickte ihm freundlich zu, als sie ihn, geduldig wartend, noch an derselben Stelle fand. »Du siehst tatsächlich so aus, als habest du einen Kamin gefegt«, sagte sie kopfschüttelnd. »Ich verstehe wirklich nicht, wie man sich so schmutzig machen kann. Du hinterläßt eine Staubwolke, wo du . . «

»Gehst und stehst«, beendete Stubs grinsend. »Dürfte ich um den Krug bitten?«

Er verschwand für verhältnismäßig lange Zeit im Badezimmer, und Lümmel saß neben der Wanne und beobachtete teils interessiert, teils ängstlich die anstrengende Prozedur. Ängstlich, weil er fürchtete, man könne sie auch bei ihm vornehmen, interessiert, weil sein Herrchen zusehends die Farbe verlor. Der schrubbte sich so gründlich wie noch nie, sogar die Ohren vergaß er nicht!

Als er sich in sein Badetuch wickelte, erschien Fräulein Pfeffer in der Tür. »Ich bringe dir jetzt etwas zu essen«, lächelte sie – und mit einem entsetzten Blick auf das Badewasser: »Sieh dir das an, es ist eine Schande! Du wirst Mühe haben, die Wanne wieder zu säubern.«

Stubs seufzte. Nun hatte er sich schon gewaschen, und nun bürdete sie ihm auch noch diese Arbeit auf. Aber so ging es ihm immer. Die Erwachsenen konnten den Hals nie voll genug bekommen! Mit sorgenvoller Miene rieb er sich trocken und unterhielt sich dabei mit seinem Hundefreund.

»Was hältst du davon, mein Liebling? So dreckig war ich doch überhaupt nicht. Ich finde es sehr taktlos, eine solche Behauptung aufzustellen. Und das soll ich also anziehen.« Er sah mit zusammengezogenen Brauen auf die

Sachen, die Fräulein Pfeffer für ihn herausgelegt hatte. »Roberts alte Shorts, und das Hemd ist wohl von Barny, viel zu groß natürlich. Ach, Lümmel, du kannst froh sein, daß du ein Hund bist und dein Fell hast. Du brauchst dich nie umzuziehen. Willst du vielleicht mal das Hemd anprobieren?«

Lümmel zog sich ängstlich winselnd zur Tür zurück und kratzte daran. Er fürchtete in die Wanne gesteckt zu werden.

»Ich bin noch nicht fertig, mein Liebling«, seufzte sein Herrchen und sah trübe in das noch trübere Badewasser, das schon einen dunklen Rand an den weißen Wänden abzusetzen begann. »Komm her, sieh mal, damit soll ich mich nun abquälen. Das wird meine schwachen Kräfte vollends aufzehren, das dauert Jahre!«

Lümmel stellte die Vorderpfoten auf den Rand der Wanne und wedelte. Hineingucken wollte er schon, wenn er nur nicht hinein mußte. Er begriff überhaupt nicht, warum die Leute badeten. Stubs schnupperte plötzlich und beugte sich tief über ihn. »Du riechst gräßlich, mein Liebling, du solltest auch ein wenig für Frische sorgen«, sagte er in dem Ton, in dem Fräulein Pfeffer immer zu sprechen pflegte. »Ich werde . . .«

Zum Glück für den entsetzten Spaniel rief sie in diesem Augenblick draußen vor der Tür.

»O Kind, bist du denn noch nicht fertig? Bist du angezogen? Ist die Wanne sauber? Unten warten ein Stück Fleischpastete und Brot und Butter auf dich!«

Diese letzten Worte trieben Stubs zu ungeahnter Eile an. Er bemühte sich im Schweiße seines Angesichts, den schwarzen Rand zum Verschwinden zu bringen, und öffnete endlich, Lümmel befriedigt angrinsend, die Badezimmertür. »Ich glaube, es ist prima hier. Das werden bestimmt wieder aufregende Ferien.«

Er hatte recht, wie immer!

X

Ein verhängnisvoller Kauf

Trotz allem genoß Stubs seinen ersten Tag in Penrhyndendraith außerordentlich. Nachdem er der Fleischpastete den Garaus gemacht hatte, ging er mit den anderen hinunter zur Merlin-Höhle, einem wirklich herrlichen Badeplatz.

Der Sand war heiß und weich, und bei jedem Schritt versanken ihre Füße tief darin.

Während der Flut stieg das Wasser so hoch, daß die Merlin-Höhle und alle anderen ringsum, die tief in die

Übersetzung des Schildtextes: Betreten verboten

Klippen hineinführten, überschwemmt wurden. An einer von ihnen stand ein Schild: »Betreten verboten!«

»Ha«, schrie Stubs, »die müssen wir sofort genau untersuchen und feststellen, warum das Betreten verboten ist.« Voller Interesse sah er hinein, wurde aber von Barny zurückgehalten.

»Wenn du solche Dummheiten machen willst, werden wir dich sofort als Muster ohne Wert dem Onkel ins Haus schicken. Willst du dich unbedingt in irgendwelchen Gängen verlaufen, oder soll dir vielleicht ein Stein auf den Kopf fallen? Du wirst auch nie vernünftig, du Idiot.« Er lachte gutmütig und gab ihm einen freundschaftlichen Klaps.

Lümmel war indessen schon in der Höhle verschwunden, erschien gleich darauf wieder und warf seinem Herrchen aufmunternde Blicke zu. Doch der sah ihn nur strafend an und sagte: »Du wirst auch nie vernünftig, du Idiot!« Er grinste zu Barny hinüber und kniff dabei ein Auge zu.

In einige der Höhlen gingen sie hinein. Sie waren dämmrig und führten nicht allzu weit in den Felsen. Die Kinder badeten und lagen hinterher in der Sonne, nur Miranda war wie immer wasserscheu.

Lümmel aber stürzte sich begeistert in die Fluten. Ha, was für armselige Kreaturen die Affen waren! Sie konnten noch nicht einmal schwimmen!

»Es sieht so aus, als ob es sich hier leben läßt«, sagte Robert faul. Er hatte die Ellbogen aufgestützt und lag im Sand und sah hinaus aufs Meer. »Kommen die Fischerboote herein? Sehen sie nicht hübsch aus?«

Sie hatten alle braune Segel in verschiedenen Tönungen und glitten schnell mit der Flut auf den kleinen Hafen zu, der nicht weit entfernt von der Merlin-Höhle lag. Die

Kinder standen auf und liefen den Strand entlang, um dabeizusein, wenn sie festmachten.

Sie beobachteten, wie der Fang ausgeladen wurde. Es waren einige große Krebse darunter, und Miranda interessierte sich natürlich sehr für diese seltsamen Tiere. Sie wagte sich so nahe heran, daß ihre Pfoten beinahe zwischen zwei Scheren gerieten. Danach hielten sie und auch Lümmel sich in respektvoller Entfernung.

Um die Mittagszeit wurden sie alle hungrig und gingen zurück durch den kleinen Ort, den Hügel hinauf zum alten Gasthaus. Sie kamen an dem Eisladen vorbei, und Stubs wollte sich sofort eine Waffel kaufen, als er hörte, daß die anderen am Tage zuvor festgestellt hatten, daß es wunderbar war.

»Nein, wir kommen zu spät zum Essen«, sagte Barny, »ich fühle mich schon ganz flau vor Hunger.«

Fräulein Pfeffer hatte währenddessen einen geruhsamen Vormittag verbracht, die halbe Stunde nicht mitgerechnet, in der Frau Jones sie besuchte und, wie angewurzelt neben ihrem Liegestuhl stehend, eine ihrer nicht enden wollenden Reden vom Stapel ließ. Und sie nahm sich vor, von nun an lieber mit den Kindern an den Strand zu gehen, als ähnliches noch öfter über sich ergehen zu lassen.

Es war ein herrlicher Tag, bis auf ein Mißgeschick, das natürlich wieder Stubs zustieß, genauer gesagt Roberts Shorts und Barnys Hemd.

Barny entdeckte plötzlich einen langen Riß im Rücken des weißen Hemdes. »Wie hast du das nun wieder angestellt?« sagte er und grinste. »Es sieht aus, als habe man dir zwei Lappen über die Schultern gehängt. Und was ist mit den Hosen los? Du mußt dich in Öl gesetzt haben.«

Stubs versuchte die unmöglichsten Verrenkungen, um

seine Hinterfront betrachten zu können. »Ich habe mich schon die ganze Zeit gefragt, was da so furchtbar stinkt. Begreift ihr, wie das Öl ausgerechnet an diese Stelle kommt? Tut mir furchtbar leid, Robert und Barny.«

»Ich möchte nur wissen, was du morgen anziehen willst«, brummte Robert. »Vielleicht borgst du dir bei Dina was? Ich habe nämlich nichts mehr.«

Fräulein Pfeffer glaubte an ihrem Verstand zu zweifeln, als Stubs sich erkundigte, wie man Ölflecken wohl am schnellsten herausbekäme.

»Wenn ich daran denke, daß du vor ein paar Stunden wie aus der Lade gezogen fortgingst und nun schon wieder aussiehst wie ein kleiner Strauchdieb, dann kann ich mich nur wundern. Du wirst morgen im Bett bleiben müssen, bis deine Sachen gewaschen und getrocknet sind.«

»Nein!« schrie er. »Nein! Das kann ich nicht! Das kann ich nicht!«

Aber es gab keinen anderen Ausweg, und am nächsten Morgen wurde ihm das Frühstück im Wohnwagen serviert. Er war völlig verzweifelt, und Lümmel begriff überhaupt nichts mehr. Was sollte das denn bedeuten? War sein Herrchen etwa krank?

»Robert und Barny haben nichts mehr«, stöhnte Stubs, und Lümmel wedelte teilnahmsvoll mit dem Schwanz. »Und ich habe nur meinen Schlafanzug und diese alte Jacke. Ich weiß wirklich nicht, wie ich aus dem verdammten Wohnwagen 'rauskommen soll, bis Fräulein Pfeffer mir meine Klamotten in Ordnung gebracht hat.«

Er hockte trübsinnig auf dem Bettrand und überlegte angestrengt. Und plötzlich kam Leben in ihn. Er hatte einen Gedanken, einen tollen. In dem Eisladen gab es alte

Kleider zu kaufen, er hatte es im Vorübergehen gesehen. »Was meinst du, Lümmel, wollen wir uns hinunterschleichen, ehe die anderen wiederkommen? Soll ich mir etwas zum Anziehen kaufen? Schließlich kann ich ja nicht den ganzen Tag hier herumliegen. Ich rolle meine Hosen einfach bis zum Knie auf, dann sehen sie wie Shorts aus, und dazu ziehe ich die Jacke an.«

Und bald darauf lief eine abenteuerlich gekleidete Gestalt den Hügel hinab ins Dorf. Stubs grinste, als er an sich hinuntersah und daran dachte, wie die alte Frau in dem Laden sich wohl über seinen Aufzug wundern würde.

Doch die alte Frau wunderte sich gar nicht. Es schien, als sei der Anblick eines kleinen Jungen mit aufgerollten Schlafanzughosen etwas ganz Alltägliches für sie.

»Du bist wohl eins von den Kindern aus dem Gasthaus oben?« sagte sie mit ihrer singenden Stimme. »Du möchtest wohl eine Eiswaffel?«

»Ja, die auch«, sagte Stubs und lächelte sein freundlichstes Lächeln, das, wie er genau wußte, alte Damen ohne Ausnahme für ihn einnahm. »Sehen Sie«, begann er, »ich habe Ärger mit meinem Anzug und will mir deshalb etwas anderes besorgen. Es kann ruhig alt sein.«

»Ja, da hätte ich nur lange Hosen«, sagte die alte Frau und zeigte auf ein Paar, die ziemlich mitgenommen aussahen und an einem Haken hingen. »Sauber sind sie, ich habe sie selber gewaschen. Und dann wäre da noch ein Wollhemd, rot und blau gestreift. Sieht lustig aus und ist noch gar nicht so abgetragen.«

»Lange Hosen sind gerade das Richtige«, strahlte Stubs und stieg schnell hinein. »Na, Lümmel, wie sehe ich aus?«

Lümmel bellte und wedelte.

»Er findet mich wie sechzehn und nicht wie zwölf«,

sagte Stubs grinsend, »und das Wollhemd gefällt mir großartig, weil es so schön bunt ist. Es ist doch auch sauber? Sonst muß ich es gleich wieder ausziehen, Fräulein Pfeffer hat in solchen Fällen scharfe Augen.«

»Ja, ja«, versicherte die Alte, »und du sollst auch noch eine Mütze haben, eine feine sogar, hier, diese.«

Stubs setzte sie auf und fand sich sehr interessant damit, obwohl der Schirm ihm so tief über den Augen hing, daß er gar nichts sehen konnte. »Prima«, sagte er, »und wieviel bin ich Ihnen schuldig?«

»Zwei Mark für die Mütze, vier Mark für die Hose und drei für das Hemd, neun Mark zusammen, und eine Eiswaffel bekommst du obendrein«, sagte die alte Frau und lächelte befriedigt.

»Oh, das ist sehr liebenswürdig von Ihnen.« Stubs bezahlte, nahm die Eiswaffel und grinste dankbar.

»Schmeckt's?« fragte die Alte. »Du wohnst also im Gasthaus«, fuhr sie fort, »es gehört meinem Sohn. Er kann gut kochen! Er hat in London gelernt. Wenn ich daran denke, daß ein so armer Junge wie mein Llewellyn in London als Koch gelernt hat! Und nun gehört ihm sogar das Gasthaus! Immer hat er zu mir gesagt: ›Wenn das nur meins wäre.‹ Und wie habe ich dann immer gelacht. ›Ich habe hundert Mark im Sparstrumpf‹, habe ich gesagt, ›und das hat achtzehn Jahre gedauert, bis ich sie zusammen hatte. Und du willst das Gasthaus!‹«

»Na, und wie hat er es denn gekriegt?« fragte Stubs und leckte die letzten Eisreste von den Fingern.

»Er hat Freunde in London gefunden. Berühmte Freunde! Reiche Freunde! Und die haben ihm das Geld geborgt. Und jetzt ist mein Llewellyn glücklich!«

Stubs dachte an den übellaunigen, mißmutig aussehenden Sohn, den er gestern auf so ungewöhnliche Weise kennengelernt hatte. ›Der und glücklich?‹ dachte er. ›Den Eindruck machte er jedenfalls nicht!‹ Und dann fiel ihm ein, daß er sich schon viel zu lange hier aufhielt. »Ich muß gehen, leider. Aber Fräulein Pfeffer läßt mich sonst noch von der Polizei suchen. Auf Wiedersehen und vielen Dank für das Eis!«

Und weg war er, wahrhaftig, er bot einen seltsamen Anblick! Was die anderen wohl zu ihm sagen würden?

XI

Das kommt davon

Während Stubs den Hügel hinauflief, kamen ihm nun doch Bedenken. »Wenn sie mich auslachen und ärgern, laufe ich einfach weg«, sagte er zu Lümmel, der freudig wedelnd neben ihm hersprang.

Der erste, den er traf, war David mit seiner treuen Gans. Der schrie laut auf und raste, von Watschel gefolgt, davon. Schrie er nun, weil er vor der seltsamen Erscheinung erschrak, oder weil er sich vor Lümmel fürchtete? Stubs starrte ihm mit gerunzelter Stirn nach. Mit einer derartig verblüffenden Wirkung seiner Verkleidung hatte er nicht gerechnet. Das konnte ja heiter werden!

In diesem Augenblick öffnete sich die Tür des Gasthauses, und Dina, Robert und Barny sahen sich suchend nach allen Seiten um. Sie suchten Stubs, schon eine ganze Zeit, und zwar, seitdem sie entdeckt hatten, daß er nicht mehr im Wohnwagen war. Sie sahen ihn auch jetzt noch nicht, sondern nur einen fremden Jungen, und sie wunderten sich sehr, daß Lümmel ihm nachlief.

Stubs hatte seine große Schirmmütze tief ins Gesicht gezogen und grinste, als er merkte, daß die anderen ihn nicht erkannten. Mit wiegenden Schritten ging er auf sie zu, die Hände tief in den Taschen vergraben.

»Was ist denn das für eine Type?« sagte Robert erstaunt. »Und was hat Lümmel bei ihm zu suchen?«

Plötzlich stieß Dina einen Schrei aus und riß Stubs die Mütze vom Kopf. »Er ist es!« schrie sie. »Er ist es! Wo warst du? Und woher hast du diese gräßlichen Sachen?«

»Die sind überhaupt nicht gräßlich, die sind sehr schön

und sauber«, sagte Stubs gekränkt und drehte sich langsam um sich selbst, damit die anderen ihn von allen Seiten bewundern konnten. »Ich habe sie in dem Eisladen gekauft, sie sind natürlich getragen, und . . .«

»Wie kannst du nur«, unterbrach Robert angeekelt, »du weißt doch gar nicht, wer das Zeug vorher gehabt hat.«

»Ist doch egal, ich habe dir doch gesagt, daß sie gewaschen sind. Teufel, da kommt Fräulein Pfeffer! Was die wohl sagt?«

Sie sagte ziemlich viel, und sie verlangte, daß er diese fürchterlichen Kleidungsstücke augenblicklich ablegen

und im Wohnwagen warten sollte, bis seine eigenen trocken waren.

»Das tue ich nicht, nie und nimmer«, weigerte er sich, »nie und nimmer tue ich das! Soll ich etwa einen ganzen Vormittag vertrauern, wo ich mir das alles doch extra gekauft habe? Und wenn die anderen finden, daß ich nicht fein genug bin, werden Lümmel und ich uns von ihnen fernhalten.«

Und mit diesen Worten lief er den Abhang hinunter, die Schirmmütze schief und unternehmungslustig auf einem Ohr.

»Du siehst aus wie eine Vogelscheuche!« rief Dina hinter ihm her.

Ohne sich darum zu kümmern, verschwand er um die nächste Biegung, und Fräulein Pfeffer schlug die Hände über dem Kopf zusammen.

»Du lieber Himmel, welch ein Anblick! Und ich glaube, er ist tatsächlich auch noch stolz auf diese Anschaffung. Ich hoffe nur, er besteht nicht darauf, die Sachen auch dann noch zu tragen, wenn seine eigenen wieder in Ordnung sind. Und wohin wollt ihr jetzt?«

»Baden, spazierengehen, vielleicht auch ein bißchen fischen, wenn wir ein Boot bekommen«, sagte Barny. »Stubs ist verrückt, sich so zu kostümieren. Er hätte doch bei uns bleiben und einfach seine Badehose anziehen können. Ich nehme sie mit hinunter zum Strand, vielleicht treffen wir ihn da irgendwo.«

So nahmen sie also die Badehose mit, konnten Stubs und Lümmel aber nirgends entdecken.

Stubs war wütend und gekränkt, und als er an dem Eisladen vorüberkam, blieb er einen Augenblick stehen, um sich in der Schaufensterscheibe zu betrachten. Tatsächlich, er sah ein bißchen komisch aus. Schade, daß die Hose so lang und weit war. Und auch das Hemd schien ihm jetzt ein wenig zu bunt. Aber die Mütze, die war prima!

»Vielleicht hat Dina ja doch recht, vielleicht sehe ich ja doch wie eine Vogelscheuche aus«, murmelte er sorgenvoll. »Und was nun, Lümmel? Ach, ich weiß, wir suchen uns ein stilles Plätzchen, und ich lese den Brief von Ben. Wenn ich unsere Geheimschrift entziffern soll, brauche ich sowieso Ruhe.«

Lümmel war einverstanden. Er wußte, wer Ben war, seines Herrchens bester Freund, beinahe genauso schlimm wie dieser, und beide zusammen ein Schrecken für sämtliche Lehrer. Sie hatten sich einen wunderbaren Geheimkode ausgeknobelt, bestehend aus Zeichen, Zahlen und Buchstaben, und es dauerte mindestens zwei Stunden, bis Stubs einen solchen Brief geschrieben, und noch länger, bis er einen von Ben entziffert hatte. Aber es gab ihnen ein angenehmes Gefühl von Wichtigkeit, und deshalb pflegten sie sich auf diese Art und Weise zu benachrichtigen.

»Wir gehen irgendwohin, wo uns niemand findet«, murmelte Stubs wieder. »Wie wäre es, wenn wir uns auf die Felsen setzten? Da können wir uns gut verstecken.«

Sie machten sich also auf den Weg, und bald saßen beide in der Sonne, ganz dicht am Meer. Und Lümmel sah bewundernd auf den Brief, der ausgebreitet auf seines Herrchens Knien lag.

Stubs seufzte und ächzte. »Ziemlich lang«, stöhnte er und starrte auf die Zeilen und Buchstaben. »Das dauert Jahre, bis ich den enträtselt habe. Aber es ist eine gute Übung. Also fangen wir mal an. Zwölf-sechs-j-sechsundfünfzig-p. Teufel noch mal, was bedeutet p? Wenn ich

wenigstens das Alphabet mitgenommen hätte!« Er runzelte die Stirn, dachte angestrengt nach und starrte über den Strand. »Nanu, wer ist denn das?«

Ein Mann kam zwischen den Felsen auf ihn zu. Er war klein, trug einen Spitzbart und eine dunkle Brille. Stubs beobachtete ihn gedankenverloren und dachte an nichts anderes, als daß er vorbeigehen würde. Aber das tat er nicht.

Nein, er kam direkt auf ihn zu und blieb vor ihm stehen. »Gib das her«, sagte er.

Stubs war maßlos erstaunt und stopfte den Brief hastig in seine Jackentasche. »Was wollen Sie denn?« fragte er.

»Den Brief«, sagte der Mann. »Wie kannst du es wagen, ihn aufzumachen und zu lesen?«

»Und warum nicht, wenn ich fragen darf? Schließlich habe ich ihn ja bekommen«, sagte Stubs. »Seien Sie nicht so komisch.«

»Du bist ein bißchen unverschämt, Kleiner! Du bist hierhergeschickt worden, um mir den Brief zu geben, sonst gar nichts«, sagte der Mann, »und du öffnest ihn und versuchst ihn zu lesen. Ich werde dafür sorgen, daß dir dein Onkel einen tüchtigen Denkzettel verabfolgt.«

»Von was reden Sie überhaupt? Es ist mein Brief, und den brauche ich Ihnen nicht zu geben. Außerdem können Sie ihn gar nicht lesen, er ist in einer Geheimschrift geschrieben, und die kennen nur mein Freund und ich.«

»Dein Freund kennt den Kode? Und du auch? Du lügst!« sagte der Mann. »Du bist ein ganz gerissener Bursche, der erst das Geld haben will, ehe er die Ware hergibt.«

»Was für ein Quatsch«, knurrte Stubs und stand auf. »Wenn das ein Witz sein soll, dann ist er reichlich blöde. Ich gehe jetzt.« Und damit versuchte er, sich langsam zurückzuziehen.

Doch zu seinem größten Entsetzen war der Mann mit zwei Schritten bei ihm, griff in seine Tasche, zog den Brief heraus, gab ihm eine Ohrfeige und wandte sich zum Gehen. Aber das war zuviel für Lümmel!

Rasend vor Wut stürzte er sich auf den Fremden. Der ergriff einen Stein, warf ihn, und Lümmel konnte gerade noch zur Seite springen.

»Komm her!« schrie Stubs. »Komm her! Der ist ja verrückt! Laß ihn laufen! Komm her!«

Lümmel gehorchte widerwillig, sah dem Mann nach, wie er über die Felsen stieg, die Straße erreichte und bald hinter einer Biegung verschwand. Und solange er ihn sah, knurrte er leise und drohend. Dann winselte er und legte seine Pfote auf Stubs' Knie.

»Ist schon gut, mein Liebling. Verstehst du das? Ob der vielleicht wirklich verrückt war? Oder ob er mich mit jemandem verwechselt hat? Und was hat er da von einem Kode gefaselt? Und dann nimmt er Bens Brief! Ist das nicht blödsinnig? Los, wir wollen die anderen suchen.«

Er ging am Strand entlang, und bald traf er Dina, Robert und Barny. Er rannte zu ihnen und warf sich neben sie.

»Ich muß euch was erzählen«, sagte er außer Atem.

Sie grinsten ein bißchen, als sie ihn in seiner viel zu großen Hose und der Schirmmütze sahen, waren aber trotzdem sehr neugierig, und je länger er sprach, desto weniger grinsten sie.

Mit wachsendem Staunen hörten sie zu, und Robert pfiff durch die Zähne. »Du spinnst uns doch nichts vor?« fragte er, denn er wußte, daß Stubs manchmal eine äußerst blühende Phantasie entwickelte.

»Wie kannst du so etwas von mir denken!« sagte der gekränkt. »Du weißt genau, daß jedes meiner Worte immer der Wahrheit entspricht, jedenfalls diesmal. Hier, sieh mal meinen Ellenbogen, ich habe ihn mir ganz schön zerschunden, als der Kerl mich angriff.«

Barny betrachtete die Schramme eingehend und runzelte die Stirn.

»Entweder der Kerl ist verrückt, oder da stimmt etwas nicht«, sagte er langsam. »Möglicherweise hat er dich für jemand anderen gehalten, vielleicht sahst du demjenigen ähnlich, den er treffen wollte. Du siehst ja auch aus wie ein kleiner Landstreicher, nimm es mir nicht übel!«

»Das kommt davon«, murmelte Dina.

»Dann muß ich diese Klamotten sofort ausziehen«, sagte Stubs hastig. »Ihr habt wohl meine Badehose nicht zufällig mit? Doch? Prima! Also, ich gehe jetzt hinter den Felsen. Teufel, Teufel, Barny, wenn du recht hättest! Wenn da irgend etwas faul wäre, Teufel, Teufel!« Er zog sich eilig um, und gerade, als er wieder erschien, ging jemand an ihnen vorüber. Jemand, der ganz ähnlich wie er angezogen war, lange Hosen trug, ein buntgestreiftes Wollhemd und eine Schirmmütze schief auf dem Ohr! Und hinter ihm her lief ein kleiner, schwarzer Hund!

»Da habt ihr's«, sagte Barny leise und stieß Stubs an. »Ich wette, das ist der Bursche, mit dem du verwechselt worden bist. Sogar einen Hund hat er, einen Art Pudel. Und er geht direkt auf die Stelle zu, auf der du vorhin gesessen hast. Und was machen wir nun?«

XII

Ein Junge, der aussieht wie ein Landstreicher

Sie sahen dem Jungen nach, wie er auf die Klippen zuging. Der kleine Hund sprang fröhlich hinter ihm her und legte sich dann neben ihn, als er sich auf einen Felsblock hockte.

»Na, also«, sagte Robert, »er wartet auf jemanden. Und ich wette, er hat einen chiffrierten Brief in der Tasche, nämlich den, den der Mann von Stubs haben wollte.«

Barny nickte. »Und dem war sicher gesagt worden, ein Junge, der aussieht wie ein Landstreicher, mit einem kleinen, schwarzen Hund, würde ihn bei den Felsen erwarten und ihm den Brief übergeben. Geheime Nachrichten vielleicht. So denke ich mir das.«

»Und Stubs mußte sich ausgerechnet heute in seiner albernen Verkleidung da niederlassen«, sagte Robert, »und Lümmel ist ausgerechnet so schwarz wie der Hund des anderen. Und das Tollste, Stubs las ausgerechnet Bens chiffrierten Brief. Der Kerl muß ja auch geglaubt haben, es sei der für ihn bestimmte.«

»Klar«, grinste Stubs, »kein Wunder, daß er so wütend auf mich war. Er muß ja gedacht haben, ich schnüffle in der geheimen Botschaft 'rum. Und stellt euch nur vor, was passiert wäre, wenn er den armen Lümmel mit diesem Felsbrocken getroffen hätte.«

»Ich weiß nicht, die ganze Sache gefällt mir nicht«, sagte Barny.

»Wollen wir es Fräulein Pfeffer erzählen?« fragte Dina ängstlich.

»Du bist wohl total übergeschnappt«, zischte Robert,

»sie wird uns sofort aus unserem Ferienparadies vertreiben und auf der Stelle unsere Koffer packen. Gefährlich ist es ja auch jetzt nicht mehr, jetzt, nachdem Stubs diese komischen Sachen ausgezogen hat. Und wenn er sie nie wieder anzieht, dann erkennt ihn der Kerl auch nie wieder.«

»Und die Mütze, kann ich die denn nicht wenigstens aufsetzen?« fragte Stubs hoffnungsvoll. »Sie steht mir so gut und macht mich so interessant.«

»Auf keinen Fall!« entschied Barny. Er sah hinüber zu dem Jungen, der auf dem Felsen saß und geduldig wartete. »Der kann da sitzen bis zum Jüngsten Tag. Der Kerl kommt nicht zurück, dazu hat er auch gar keine Zeit. Der versucht nämlich krampfhaft, Bens Geheimschrift zu entziffern.«

Barny grinste. »Hoffen wir, daß es ihm gelingt.«

»Ich gehe mal zu dem da drüben«, sagte Stubs plötzlich und stand auf. »Vielleicht kriege ich etwas aus ihm heraus.«

»Laß das lieber«, warnte Robert.

»Und warum?« Stubs war schon auf dem Wege.

Ein Lied pfeifend und dazu im Takt hüpfend, entfernte er sich mehr und mehr, gefolgt von seinem Liebling. Und beinahe bei dem Jungen angelangt, begann er, sein imaginäres Banjo zu spielen. Tatsächlich, er konnte die Töne wirklich großartig nachmachen, von den richtigen nicht zu unterscheiden.

Der Junge sah auf, entdeckte ihn, beobachtete gespannt, wie er die Laute zwischen den Zähnen hervorbrachte, und lachte.

»Hallo«, sagte Stubs und setzte sich grinsend neben ihn. »Du hast einen hübschen, kleinen Hund. Wie heißt er?«

»Wolly«, sagte der Junge und strich zärtlich über das dichte Fell seines Pudels. »Und wie heißt deiner?«

»Lümmel. Wartest du auf jemanden?«

»Ja, auf einen Mann. Ich soll ihm einen Brief von meinem Onkel geben.«

»Und wer ist dein Onkel?« fragte Stubs und zupfte eifrig sein Banjo.

»Morgan, der Krüppel«, antwortete der Junge und versuchte, das Kunststück nachzumachen. »Er war Fischer, aber er brach sich ein Bein. Jetzt leiht er Boote aus.«

»Warum schickt er den Brief denn nicht mit der Post?«

»Weiß nicht. Sieh mal, dein Hund und meiner sind

schon Freunde. Wenn der Mann doch bloß käme! Ich hatte schon Angst, ich sei zu spät dran, aber er ist immer noch nicht da. Und ich wäre doch so gerne mit meinem Vater zum Fischen gefahren.«

»Dann gib mir doch einfach den Wisch«, sagte Stubs. »Ich bleibe sowieso hier am Strand. Ich warte schon auf den Mann. Und er merkt bestimmt nicht, daß ich gar nicht du bin. Ich habe ja auch einen schwarzen Hund.«

Der Junge zögerte. »Ich weiß nicht. Wenn es herauskommt, geht's mir dreckig. Aber ich habe auch keine Lust, den ganzen Morgen hier 'rumzusitzen. Also, meinetwegen, aber, daß du mich nicht verrätst!«

»Ehrenwort«, sagte Stubs, »geh schon. Ich rühre mich nicht vom Fleck, das verspreche ich dir.«

Der Junge drückte ihm einen Brief in die Hand und lief mit seinem Pudel davon. Stubs sah ihm nach, und sein Herz schlug schnell. Er mußte auf dem Felsen warten, bis der Junge außer Sicht war.

Es schien ihm Ewigkeiten zu dauern, und er sah zu der Stelle am Strand hinüber, wo er die anderen zurückgelassen hatte. Regungslos standen sie dort auf ihrem Beobachtungsposten.

Und endlich raste er zu ihnen und blieb atemlos vor ihnen stehen.

»Stellt euch vor, er hat wirklich auf den Kerl gewartet; sein Onkel, er heißt Morgan und leiht Boote aus, hat ihm den Brief mitgegeben. Der Junge hat nicht gesagt, warum. Ich glaube, er wußte es auch nicht, mit Intelligenz scheint er nicht gesegnet zu sein. Er hatte es übrigens ziemlich eilig, weil er mit seinem Vater zum Fischen fahren wollte.«

»Und da hast du ihm angeboten, statt seiner den Brief

abzuliefern?« sagte Barny und sah ihn aus schmalen Augen an. »Wir haben uns schon gewundert, daß er so plötzlich davonrannte.«

»Ja, er hat ihn mir gegeben«, sagte Stubs betont gleichgültig und öffnete den Reißverschluß an der Tasche seiner Badehose. »Na, was sagt ihr dazu?«

Sie starrten ihn alle an und wußten eigentlich nicht, was sie sagen sollten. Wer anders als Stubs hätte auf eine derartig blödsinnige Idee verfallen sollen?

»Wenn das 'rauskommt, machen wir uns nur verdächtig«, überlegte Barny. »Es war nicht sehr klug von dir. Na, laßt uns erst nach Hause gehen und den Brief ansehen. Da scheint wirklich nicht alles zu stimmen. Warum schickt Morgan den Brief durch den Jungen? Warum ist er in Geheimschrift geschrieben? Wenn dieser Morgan nur ein einfacher Fischer ist, hat er ihn auf keinen Fall selber verfaßt. Er wird nur ein Verbindungsmann sein.«

»Also gehen wir«, sagte Dina. »Es ist mir nur vollkommen schleierhaft, was sich in diesem kleinen Nest tun soll, hier, wo es nur Fischer und ein paar Bauern gibt.«

»Vielleicht wird geschmuggelt«, murmelte Robert.

Barny schüttelte den Kopf. »Glaube ich nicht. Was könnten sie denn schon schmuggeln? Na, beeilt euch, es ist sowieso bald Zeit zum Mittagessen.«

Stubs schnalzte mit der Zunge und grinste. »Ha, gutes Essen, sehr gutes Essen. Ach, da fällt mir ein, die alte Frau Jones aus dem Eisladen hat mir erzählt, daß unser Wirt ihr Sohn ist, und daß es immer sein größter Wunsch war, dieses Gasthaus zu bekommen, und daß ein paar reiche Freunde aus London ihm das Geld geliehen haben, um es zu kaufen.«

»Das sind bestimmt die beiden berühmten Gäste, auf

die Frau Jones so stolz ist. Die brauchen bestimmt keinen Pfennig zu zahlen«, sagte Robert.

»Verziehen wir uns erst einmal in den Wohnwagen«, schlug Barny vor. »Dort sind wir am ungestörtesten. Zeit haben wir noch ein bißchen.«

Und bald saßen sie mit Lümmel und Miranda zusammen in dem kleinen Raum rund um den Tisch, und Stubs zog gerade den Brief aus der Hosentasche, als Lümmel anschlug.

»Sollte das wieder dieser David sein?« Dina öffnete das Fenster. Wahrhaftig, er war es. Er stand auf dem Wagenrad und verrenkte sich beinahe den Hals, mit seiner Freundin Watschel um die Wette.

»Wie kann man nur so neugierig sein!« Dina mußte über die beiden lachen, obwohl sie sich eigentlich ärgerte.

»Es gibt bald Mittagessen«, verkündete David feierlich, den Arm um den Hals der Gans gelegt.

»Wir kommen schon zur rechten Zeit«, versprach sie, »und nun lauf!«

Sie schloß das Fenster, und dann beugten sie sich alle über den Brief.

»Er ist ein bißchen zerknautscht, das kommt vom Draufsitzen.« Stubs riß den Umschlag auf, zog einen weißen Bogen hervor, faltete ihn auseinander und strich ihn glatt.

»Tatsächlich chiffriert!« rief Barny. »Natürlich können wir das nie entziffern. Seht euch nur dieses Gewirr von Zahlen und Buchstaben an.«

Stubs starrte erstaunt darauf. »Kein Wunder, daß der Kerl gedacht hat, Bens Brief sei seiner, hat genau dieselbe Wirkung. Wenn wir nur herauskriegen könnten, was das heißt.«

»Können wir nie und nimmer, das steht fest.« Barny faltete den Bogen wieder zusammen. »Und was machen wir damit? Der Mann wird bald dahinterkommen, daß er nicht den richtigen Brief hat, denn es muß ja Blödsinn sein, was er da herausliest.«

»Und«, sagte Robert langsam, »wenn er herausfindet, daß der Fischerjunge den richtigen jemand anderem gegeben hat, was tut er dann?«

»Ja, was tut er dann?« murmelte Barny und streichelte Miranda. »Ich glaube, wir warten erst einmal ab, und bis dahin verstecken wir den Brief gut!«

XIII

Berühmte Gäste

Fräulein Pfeffer erschien gerade in dem Augenblick vor dem Wohnwagen, als Barny die Tür öffnete. Sie sah sich sofort nach Stubs um, weil sie fürchtete, er könne noch immer in diesem schrecklichen Aufzug herumlaufen, und sie war sehr erleichtert, als sie ihre Sorge unbegründet fand.

»Du kannst dich deiner alten Kleider jetzt entledigen«, sagte sie, »hier sind deine eigenen, gewaschen und gebügelt.«

»Kann ich nicht so zum Essen gehen?« fragte er.

»O nein, Kind. Und nun beeil dich. Dina, du bist ja schon ganz braungebrannt. War es schön am Strand?«

Vergnügt durcheinander schwatzend gingen sie das kurze Stück zum Gasthaus hinauf, nur Barny schien mit seinen Gedanken ganz woanders zu sein. Doch dann wandte er sich plötzlich an Robert und Stubs. »Ich glaube, es wäre gar nicht schlecht, wenn wir heute nachmittag einmal zum Hafen gingen. Vielleicht treffen wir Morgan, den Krüppel, irgendwo. Vielleicht unterhält er sich auch ein bißchen mit uns.«

»Gar nicht schlecht«, bestätigte Stubs. »Hörst du, Lümmel, heute nachmittag geht's spazieren.«

Lümmel verstand sofort und raste wie ein Wilder um sie herum.

»Tut mir leid, Lümmel«, sagte Barny, »aber ich muß dich enttäuschen, du mußt zu Hause bleiben.«

»Und warum?« fragte Stubs erstaunt.

»Dreimal darfst du raten«, grinste Barny. »Hör zu, der

Spitzbart und auch der Junge, beide kennen Lümmel. Er würde ihnen sofort auffallen, du in deinen eigenen Sachen kaum, wenn du dich im Hintergrund hältst.«

»Der Ärmste!« seufzte Stubs und sah seinen Hund mitleidig an. »Er wird wie ein Wahnsinniger heulen, wenn wir ihn alleine lassen.«

»Vielleicht bitten wir Dina, bei Fräulein Pfeffer zu bleiben und sich um ihn zu kümmern, oder du mußt es selber tun.«

»Ach, Dina macht das schon«, sagte Stubs schnell. »Hör auf mit der Hopserei, mein Liebling, das ist leider ganz umsonst.«

Sie hatten das Gasthaus erreicht und gingen ins Speisezimmer, wo Fräulein Pfeffer an der Anrichte stand und Schinken aufschnitt. Stubs und Lümmel pirschten sich zu ihr in der Hoffnung, daß etwas für sie abfiele.

Währenddessen erzählte Robert Dina leise, was sie an diesem Nachmittag vorhatten, und sie war sofort damit einverstanden, der alten Erzieherin mit Lümmel zusammen Gesellschaft zu leisten. »Wir könnten einen schönen Spaziergang machen«, überlegte sie, »Fräulein Pfeffer freut sich bestimmt. Übrigens, es sind zwei neue Gäste angekommen.«

»So? Wer denn?« fragte Barny und sah interessiert auf die große Salatschüssel und die stattlichen Berge neuer Kartoffeln. »Donnerwetter, das reicht für eine ganze Kompanie!«

»Wie sie heißen, weiß ich nicht. Aber da sind sie ja!«

Zwei Männer kamen herein, der eine groß, ein Monokel im Auge, der andere klein mit graumeliertem Spitzbart und dunkler Sonnenbrille. In diesem Augenblick drehte sich Stubs um, den Teller mit dem Schinken in der Hand.

Er sah die beiden Männer und blieb mit einem solchen Ruck stehen, daß eine Scheibe zu Boden fiel. Und gleich darauf war er mit ein paar Schritten am Tisch, zischte etwas Unverständliches, stieß erst Robert und dann Barny an und machte eine Bewegung mit dem Kopf zu den beiden hinüber, die jetzt an einem Tisch am Fenster sitzend ihnen den Rücken zukehrten.

Robert und Barny begriffen sofort. Der Mann mit dem Spitzbart und der Sonnenbrille war derjenige, der Stubs den Brief fortgenommen hatte. Und er wohnte hier im Gasthaus!

»Ob er Lümmel schon entdeckt hat?« flüsterte Stubs.

»Er könnte ihn erkennen. Mich nicht, mich bestimmt nicht, wo ich ja jetzt ganz anders angezogen bin.«

»Lümmel muß sofort verschwinden«, ordnete Barny an, »hier, gib ihm das, dann ist er mit allem einverstanden. Schließ ihn im Wohnwagen ein.«

Stubs nahm seinen Hund unter den Arm, steckte das Stück Schinken, das Barny ihm reichte, in seines Lieblings Schnauze und verließ das Zimmer in höchster Geschwindigkeit.

Fräulein Pfeffer sah ihnen verwundert nach. »Ist Lümmel krank?« erkundigte sie sich teilnehmend.

»Vielleicht«, sagte Barny und sprach schnell von etwas anderem. »Das ist bestimmt selbstgeräucherter Schinken, nicht wahr? Er hat einen ganz besonderen Geschmack.«

»Sicher«, sagte die alte Erzieherin, »Dina, reichst du mir bitte den Salat?«

Stubs kam grinsend zurück, und Fräulein Pfeffer sagte bedauernd: »Wie schade, daß das arme Tier sich nicht gut fühlt.«

»Ja, schade. Ich glaube, es ist besser, er kommt heute nachmittag nicht mit. Vielleicht kann er mit Ihnen und Dina spazierengehen?«

»O ja, das wäre schön!« rief Dina. »Haben Sie Lust dazu, Fräulein Pfeffer?«

»Aber sicher, sicher«, nickte sie und zwinkerte freundlich hinter ihren dicken Brillengläsern. »Wir könnten auf die Hügel gehen, und du könntest dein Fernglas mitnehmen, Dina, und auch das Vogelbuch. Und wir könnten versuchen, seltene Vögel ausfindig zu machen.«

Robert trat Barny auf den Fuß und kniff ein Auge zu. Das klappte ja wunderbar!

Während dessen starrte Stubs die beiden Männer unverwandt an, und Barny versetzte ihm einen warnenden Stoß unter dem Tisch. Wer mochten sie wohl sein? Von Frau Jones würden sie es sicher schnell erfahren. Er grinste ein bißchen, als er daran dachte, daß der Kerl mit der Sonnenbrille vielleicht Stubs' Brief in der Tasche trug und daß er wahrscheinlich immer wieder versucht hatte, ihn zu entziffern. Natürlich ohne den geringsten Erfolg!

Gleich nach dem Essen bot sich eine Gelegenheit, Frau Jones in ein Gespräch zu verwickeln. Die beiden hatten ihren Platz am Fenster und das Zimmer verlassen, als sie erschien, um abzuräumen. David und die Gans trieben sich draußen auf der Diele herum.

»Sie haben ja zwei neue Gäste, Frau Jones«, begann Barny und streichelte Miranda.

»Ja, sie kommen oft«, sagte die kleine Frau stolz. »Der eine ist Sir Richard Ballinor und der andere Professor Hallinan, der große Vogelkundige. Es sind Freunde von meinem Mann aus London. Und sie wissen, daß mein Mann gut kocht. Und es gefällt ihnen hier. Sie lieben die Berge, die See und . . .«

Die Kinder hatten geduldig gewartet, bis sie innehielt, um Atem zu schöpfen, und diesen Augenblick ließ Barny nicht ungenutzt verstreichen.

»Die haben sich wohl gefreut, als Ihr Mann dieses Gasthaus kaufte? Hier können sie schöne Ferien verbringen, nicht wahr?«

»Ach ja, das sind nette Leute, feine Leute. Sie haben meinem Llewellyn das Geld geborgt, damit er das Haus kaufen konnte. Sie sind immer willkommen, und ich gebe ihnen immer nur vom Besten.«

»Dann haben sie sicher auch das beste Zimmer bekommen?« fragte Dina.

»Ja, aber sie wohnen viel lieber in dem anderen, in dem, das ihr jetzt habt, das mit den zwei Fenstern. Aber euer Fräulein Pfeffer ist keine, die sich umstimmen läßt, was?«

»Nein«, riefen Dina und Robert gleichzeitig, und sie dachten daran, wie oft sie es erlebt hatten, daß sie ihren Willen durchsetzte. Und dann hörten sie ihre Stimme aus der Diele.

»Kommt ihr denn noch immer nicht, Kinderchen? Lümmel bellt ohne Unterlaß im Wohnwagen.«

»Sofort«, sagte Barny, sprang auf, und Frau Jones blieb allein zurück, unermüdlich weiter vor sich hinredend.

Bald danach schlugen Fräulein Pfeffer, Dina und Lümmel den Weg zu den Hügeln ein. Lümmel war sehr verwundert darüber gewesen, daß sein Herrchen nicht mitkam, und hatte sich sofort dafür entschieden, bei ihm zu bleiben. Als der sich aber auf sein Bett legte und so tat, als schliefe er, hielt er es doch für geraten, Fräulein Pfeffer und Dina zu begleiten, anstatt einen langweiligen Nachmittag im Wohnwagen zu verbringen.

»Nehmt eure Badesachen«, sagte Robert, »wir gehen jetzt zum Hafen. Baden wollen wir auf jeden Fall, entweder bevor wir uns diesen Morgan ansehen oder hinterher.«

Miranda lief vergnügt voraus und sprang nur dann auf Barnys Schulter, wenn sie einem Hund begegneten. Die Sonne schien vom wolkenlosen Himmel, und es war sehr heiß, als sie den Strand entlanggingen.

Dicht vor dem kleinen Hafen legten sie sich in den weißen Sand. Ein paar Fischer lehnten an der Kaimauer, und eine Frau saß auf einem Holzschemel und strickte.

Ein schmutziger, ungekämmter Junge kam angelaufen, einen schwarzen Pudel neben sich. Barny richtete sich auf und stieß die anderen an. »Das ist der, der Stubs den Brief gegeben hat. Ich erkenne ihn an dem Hund.«

Alle sahen ihm nach. Er lief bis zu einem Boot, das gerade losgebunden wurde, und half, es ins Wasser zu schieben. Es war hübsch zu sehen, wie die Segel gesetzt wurden und wie sie sich im Wind bauschten.

In diesem Augenblick kam ein Mann auf den Hafen zu. An seiner Kleidung konnte man erkennen, daß es ein Fischer war. Er hinkte stark und ging am Stock.

»Das ist Morgan, der Krüppel«, flüsterte Robert, als der Mann an die Kaimauer humpelte. »Los, wir wollen ein bißchen näher herangehen, vielleicht kommen wir mit ihm ins Gespräch.«

Sie waren noch nicht aufgestanden, als sich noch jemand dem Hafen näherte. Der Mann mit dem Spitzbart und der dunklen Sonnenbrille. Er rief nach Morgan, der sich sofort umdrehte.

»Komm her, ich habe ein Wörtchen mit dir zu reden!«

XIV

Dai lügt

Morgan führte den Mann mit dem Spitzbart und der Sonnenbrille ein Stück abseits. Und die Kinder krochen, verborgen durch die Mauer, so nahe heran wie möglich.

»Morgan«, begann der Mann, »der Brief, den dein Neffe mir gab, war nicht der richtige, das weißt du genau.«

»Ich verstehe Sie nicht«, sagte Morgan. »Von da an, wo ich den Brief bekommen habe, bis zu dem Augenblick, wo ich ihn Dai gegeben habe, hat er in meiner Tasche gesteckt. War Dai denn nicht bei den Felsen? Wir hatten es doch so ausgemacht.«

»Ja, er war da und genauso angezogen, wie du es mir beschriebst. Der Hund war auch dabei. Es muß also der Junge gewesen sein. Aber der Brief ist trotzdem falsch. Ich lese nichts als Unsinn heraus.«

»Es war der Brief, der mir für Sie übergeben wurde«, beharrte Morgan. »Jim hat ihn mir gebracht, wie gewöhnlich. Und er ist aus seiner Jackentasche geradewegs in meine gewandert, und er hat noch gesagt: ›Also, bis Freitag.‹ Und damit ist er davongesegelt. Es war der Brief, den er mir gegeben hat. Das kann ich beschwören!«

»Ich begreife es nicht«, sagte der Mann und starrte Morgan an. »Wo ist dein Neffe? Ich will ihn fragen. Aber wozu soll so'n Junge die Briefe vertauschen? Morgan, wenn du mich betrügst, dann soll's dir leid tun.«

»Ich betrüge niemanden.« Morgan sprach jetzt mit erhobener Stimme. »Schließlich hänge ich genauso drin wie Sie, oder nicht?«

»Schrei nicht so.« Der Mann sah sich unruhig um.

»Ich rufe Dai jetzt«, sagte Morgan laut. »Er ist hier irgendwo am Kai. Er wird Ihnen sagen, daß es der richtige Brief war. Dai, Dai! Komm her, los!«

Der Junge kam mit seinem Pudel angelaufen. »Ja, Onkel?« fragte er und sah den Mann angstvoll an.

»Hast du diesem Herrn heute morgen den Brief abgeliefert? Ja oder nein?«

»Ja«, sagte Dai.

Der Mann starrte den Jungen an und packte ihn plötzlich am Arm. »Du hast mir den Brief nicht gegeben. Es war ein anderer Junge, größer als du, und der Hund war ein Spaniel, kein Pudel.«

»Lassen Sie ihn in Ruhe«, sagte Morgan wütend, als er sah, wie Dai sich fürchtete. »Sie haben doch den Brief von einem Jungen bekommen, wer sollte es gewesen sein, wenn nicht Dai?«

»Ich weiß es nicht, aber ich sage dir ja, es war einer mit einem Spaniel, genauso ein Schmutzfink wie der hier.« Immer noch starrte er Dai an. »Und als ich auf ihn zukam, sah ich, daß er den Brief las, einen chiffrierten, und ich dachte sofort, daß es meiner sei und habe ihn mitgenommen, obwohl ihn der Bengel nicht hergeben wollte.«

Morgan lachte. »Dann sind Sie selber schuld. Der Junge war nicht der richtige Schmutzfink, und der Brief gehörte nicht Ihnen, sondern ihm.«

Der Mann griff nach Morgans Arm und riß ihn herum. »Hör zu, du weißt so gut wie ich, was das bedeutet! Und wo ist der Brief jetzt?« fuhr er auf Dai los. »Heraus mit der Sprache, wird's bald?«

»Ich, ich, ich habe ihn einem Jungen gegeben, der auch am Strand war«, flüsterte Dai, zitternd vor Angst. »Ich habe gewartet und gewartet, und da hat der andere gesagt, er bleibe sowieso am Strand, und er wolle den Brief schon für mich abgeben. Ich habe ja nicht gewußt, daß Sie schon da waren.«

Der Mann stieß den Jungen so zurück, daß er beinahe ins Wasser stürzte. Morgan machte einen Schritt auf ihn zu. »Lassen Sie ihn in Ruhe. Was hat er denn schon getan? Sie haben einen Brief, den Sie nicht lesen können, und irgend jemand hat den anderen und kann ihn auch nicht lesen. Was ist das schon. Außerdem kann Jim die Nachricht noch einmal bringen.«

Der Mann zog ein Taschentuch hervor und wischte sich die Stirn. Dann trat er so nahe an Morgan heran, daß die drei Jungen nur mit größter Anstrengung verstehen konnten, was er sagte.

»Du gibst mir das nächstemal den Brief selber. Du hast gesagt, der Junge sei zuverlässig. Wenn irgend etwas schiefgeht, hast du die Folgen zu tragen. Wäre der Brief nicht chiffriert gewesen, säßen wir jetzt drin, und aus Freitag würde nichts!«

»Seien Sie still«, sagte Morgan und kehrte ihm den Rücken.

»Und dem, der den Brief genommen hat, drehe ich den Hals um, wenn ich ihn erwische«, sagte der Mann.

Stubs' Hände wurden eiskalt. Was zuerst wie Spaß aussah, war nun wahrhaftig keiner mehr! Hatte ihn denn der Teufel geritten, als er sich den Brief geben ließ?

»Ich erkenne den Burschen wieder«, sagte der Mann, »diesen Schmutzfinken, diese Rotznase, genauso eine wie diese hier, und so einen verdammten schwarzen Köter mußte der auch noch haben!«

Stubs zitterte vor Angst. Wenn der Kerl wenigstens nicht im Gasthaus gewohnt hätte! Wenn er Lümmel erkannte, erkannte er auch ihn!

Morgan ging davon. Die Fischer an der Mauer sahen ihm nach. Sie hatten zwar nichts verstanden, aber gemerkt, daß es Streit gegeben hatte.

»Ist der feine Freund schlechter Laune, Morgan?« rief einer. »War der letzte Fang nicht gut genug für Seine Lordschaft?«

Morgan antwortete nicht. Als der Spitzbärtige vorüberkam, stießen die Männer sich an und grinsten. Aber sie sagten nichts. Dai war verschwunden, wie vom Erdboden verschluckt. Die drei rührten sich nicht und lauschten gespannt. Als alles still blieb, sahen sie einander an.

»Komm, wir wollen gleich baden«, sagte Barny laut und fügte leise hinzu: »Wir sprechen nachher darüber.«

»Ja, wir wollen baden, es ist zu heiß«, nickte Robert. Stubs aber sprach kein Wort. Er war wie erschlagen. Hätte er den Brief nur gleich vernichtet! War er auch sicher genug im Wohnwagen aufgehoben?

Schweigend liefen sie den Strand entlang, und endlich, schon weit vom Hafen entfernt, blieb Barny stehen und fuhr sich durch die Haare. »Puh«, stöhnte er, »und was nun? Da hast du uns ja in eine feine Lage gebracht, und alles nur wegen Bens dämlichen Brief.«

»Der war nicht dämlich«, brummte Stubs, einige Grade sanfter als gewöhnlich. »Wenn man bedenkt, daß dieser Sir Richard es noch nicht einmal fertiggebracht hat, unseren Geheimkode herauszukriegen. Daran kannst du sehen, wie gut er ist, gar nicht dämlich!«

»Also baden wir erst einmal«, sagte Barny. »Wenn wir uns ein bißchen abgekühlt haben, können wir klarer denken. Ein Glück, daß wir Lümmel nicht mitgenommen haben. Der Kerl hätte ihn vielleicht gesehen und sofort erkannt.«

»Ja«, murmelte Stubs ratlos, »was machen wir überhaupt mit Lümmel? Er rast doch dauernd durch die Gegend, und unter die Augen kommen darf er dem Kerl auf keinen Fall.«

Sie stürzten sich ins Wasser und fühlten sich hinterher viel frischer. Sie hockten sich in den Sand und besprachen die ganze Angelegenheit in aller Ruhe.

»Heute ist Mittwoch, und für Freitag haben sie etwas geplant«, überlegte Robert, »das sind also noch zwei Tage. Sollen wir zur Polizei gehen? Was meint ihr?«

»Besser nicht«, sagte Barny schnell. »Wenn wir das tun, kommt sie und verhört den Spitzbart, und die Sache am Freitag findet erst gar nicht statt. Habt ihr gehört, was der alte Fischer Morgan nachgerufen hat? ›War der Fang nicht gut genug für Seine Lordschaft?‹ Das bedeutet doch, daß er diesem Halunken ein Boot zum Fischfang vermietet. Das heißt, was sie unter Fischfang verstehen, sicher bringen sie etwas anderes herein, oder sie verstecken es in der Ladung.« Er schwieg einen Augenblick. »Ich möchte nur wissen«, fuhr er nachdenklich fort, »wer Sir Richard in Wirklichkeit ist und wer dieser Professor Hallinan. Ich schlage vor, wir gehen nach dem Tee nach Dilcarmock und telefonieren mit meinem Vater, vielleicht kann er da etwas über die beiden erfahren.«

»Reich müssen sie sein, sehr reich, daß sie Herrn Jones das viele Geld borgen«, sagte Stubs und grub die Zehen tief in den Sand.

»Wie man dem soviel Geld geben kann, ist mir schleierhaft«, lachte Barny. »Nur weil er so gut kocht? Wer Geld verleiht, will es schließlich auch wiederhaben, und mit Gewinn natürlich. Wenn das Gasthaus gut ginge, aber es ist bestimmt keine Goldgrube. Im Augenblick sind außer uns nur diese beiden Männer hier. Und das mitten im Sommer!«

»Ja, aber warum haben sie dann ein Vermögen verschenkt?« fragte Stubs. »Meinst du, daß sie in dem alten Kasten ihr Hauptquartier aufgeschlagen haben und irgendwelche dunklen Geschäfte von da aus tätigen?«

Barny fuhr hoch und schlug sich mit der Hand vor die Stirn. »Natürlich! Das ist der Grund! Im Dorfe sitzen Morgan und Jim, und Herr Jones steckt auch mit drin, und von hier oben, vom Gasthaus aus, wird alles vorbereitet. Ich glaube, wir sind etwas ganz Tollem auf der Spur!«

»Ja, aber wir wissen nicht, was es ist!« rief Stubs. »Wie können wir es nur herausbekommen? Wenn ich daran denke, daß wir noch bis Freitag warten müssen, so lange halte ich es gar nicht mehr aus!«

XV

Ein grauer Schattenschmetterer

Lümmel war außer sich vor Freude, als sein Herrchen zurückkam, und über alle Maßen enttäuscht, daß er sofort wieder in den Wohnwagen gesperrt wurde, während alle zum Tee gingen. Er bellte verzweifelt, und Fräulein Pfeffer war sehr erstaunt über Stubs' scheinbare Herzlosigkeit.

»Ich kann wirklich nicht begreifen, daß er nicht mit uns kommen soll«, sagte sie kopfschüttelnd, »er war heute nachmittag rührend artig. Wir haben übrigens einen herrlichen Spaziergang unternommen, und Dina hat viele seltene Vögel gesehen.«

»Einen habe ich noch nicht einmal in meinem Buch gefunden«, bestätigte diese. »Er war grün und oben auf dem Kopf ganz rot.«

Fräulein Pfeffer nickte. »Tatsächlich, eine Seltenheit, möchte ich annehmen. Übrigens habe ich durch Frau Jones erfahren, daß sich Professor Hallinan hier aufhält, der berühmte Ornithologe.«

Stubs starrte sie an. »Ein berühmter was?«

»Ein Vogelexperte«, erklärte die alte Erzieherin lächelnd, »und ich dachte, Dina könnte ihn um Auskunft bitten. Er kennt gewiß alle Vögel, die es gibt.«

Dieser Überzeugung waren die drei Jungen allerdings nicht, keiner von ihnen glaubte noch, daß der eine ein berühmter Professor und der andere ein Sir Soundso sei. Barny machte Robert und Stubs ein Zeichen und sagte: »Das ist eine gute Idee, und ich komme mit. Das wird bestimmt sehr interessant!«

»Sehr«, grinste Stubs, »das wird bestimmt das Interessanteste, was wir bis jetzt erlebt haben! Fräulein Pfeffer, wir gehen nachher nach Dilcarmock, wollen Sie mit?«

»O nein, nein«, wehrte sie entsetzt ab, und ihre Augen zwinkerten heftig hinter den dicken Brillengläsern, »ich bin leider ein wenig ermüdet. Ihr solltet übrigens lieber den Bus nehmen, Kinderchen, der Weg ist doch recht weit.«

In diesem Augenblick erschienen die beiden Männer, grüßten Fräulein Pfeffer höflich, und Dina beschloß, den Professor gleich nachher zu fragen. So wartete sie also geduldig mit Barny zusammen in der Diele, während Robert und Stubs sich der lobenswerten Aufgabe unterzogen, Lümmel ein wenig zu trösten.

Endlich öffnete sich die Tür zum Speisezimmer, und die beiden Männer wandten sich zur Treppe. Dina lief auf den großen mit dem Monokel zu und sagte atemlos: »Oh, entschuldigen Sie, aber Sie sind doch Professor Hallinan, der berühmte Orni-Orni, na ja, der Vogelexperte, nicht wahr?« Vor Verwirrung wurde sie rot und ärgerte sich, daß sie sich so verhaspeln mußte. »Und da dachte ich«, fuhr sie fort, »Sie könnten mir vielleicht helfen. Ich habe nämlich heute einen Vogel gesehen, einen, den ich überhaupt nicht kenne.«

»Äh, sicher, sicher, gerne«, sagte der Professor eilig. »Wo hast du ihn denn gesehen, mein Kind?«

»Auf den Hügeln. Er war grün und oben auf dem Kopf ganz rot.«

»Ja, nun, äh, mein liebes Kind, nach einer so wenig genauen Beschreibung kann ich seine Abstammung nicht so ohne weiteres bestimmen«, war die höfliche Antwort. »Es scheint mir, es war ein seltener, äh, ein seltener Zieh-, äh,

ein seltener Zug-, äh, ein seltener Ziervogel, der des öfteren hierzulande aufkreuzt. Sein Name: Latens Hillimus. Ja, der wird es gewesen sein.«

»Latens Hillimus«, wiederholte Dina und starrte ihn fassungslos an.

Barnys Augen funkelten. »Ich habe hier ganz nahe beim Gasthaus einen kurzhalsigen Lockvogel entdeckt. Das ist doch sehr ungewöhnlich, nicht wahr?«

Der Professor griff mit einer ruckartigen Handbewegung nach seinem Monokel und glotzte schweigend. Endlich nickte er: »Sehr ungewöhnlich, sehr ungewöhnlich.«

Verständnislos und mit offenem Munde folgte Dina dieser bemerkenswerten Unterhaltung. Barnys Beherrschung aber war bewunderungswürdig.

»Und können Sie sich vorstellen«, fuhr er ungerührt fort, »daß man den grauen Schattenschmetterer in dieser Gegend antrifft? Ich habe erfahren, daß er manchmal hier nistet.«

»Äh, ja, ich glaube wohl, daß er manchmal, daß er manchmal hier äsen, nisten muß. Nun entschuldigt mich bitte, mein Freund erwartet mich.« Und damit stieg er langsam die Treppe hinauf.

Dina starrte ihm nach. »Grauer Schattenschmetterer«, murmelte sie, »grauer Schattenschmetterer! Noch nie in meinem Leben habe ich von so einem Vogel gehört, und ich kenne doch wirklich fast alle einheimischen. Und ein kurzhalsiger Lockvogel? Wo gibt's denn so was?«

»Nirgends«, grinste Barny, »dein Professor ist ein Betrüger, liebe Dina. Was hat er gesagt? Der grüne Vogel mit dem roten Kopf sei ein Latens Hillimus? Den wirst du in keinem Vogelbuch der Welt finden. Wenn das Glotzauge ein Vogelexperte ist, dann bin ich ein kurzhalsiger Schattenschmetterer. Schade, daß ich ihn nicht gefragt habe, warum der Quatschus Silimus ein Dreibein ist.«

Dina verschluckte sich beinahe vor Lachen. »Sag mal«, fragte sie endlich, »glaubst du im Ernst, daß er kein Professor ist? Er wirkte doch so höflich und gebildet.«

»Wirken solche Leute immer, wenn sie wollen. Ich wette, sein Freund ist ebensowenig ein Botaniker wie er ein Ornithologe. Verbrecher sind es und treiben sich hier unter anständiger Leute Namen herum. Mein Vater kennt den wirklichen Professor nämlich. Wenn er bei uns wäre, könnte er dieses Gespann sofort als Schwindler entlarven.

Na, auf alle Fälle werde ich ihn anrufen, und er kann Erkundigungen einziehen. Dann wissen wir genau Bescheid.«

»Los«, sagte Dina eifrig, »wir müssen den anderen alles erzählen, los. Wenn ich daran denke, daß der Professor auf deinen grauen Schattenschmetterer hereingefallen ist! Wie kommst du eigentlich auf derartigen Blödsinn?«

»Ganz einfach, mit ein bißchen Phantasie«, lachte Barny. »Wir müssen uns übrigens beeilen, ich möchte noch nach Dilcarmock. Vielleicht können wir Lümmel mitnehmen, wir müssen nur darauf achten, daß er Seiner Lordschaft, dem edlen Briefabholer, nicht unter die Augen kommt.«

Die eine Hälfte des Weges fuhren sie mit dem Bus, die andere liefen sie. Lümmel war selig. Zwei Spaziergänge an einem Tag! Welch ein Glück!

Vor der Post gab es einen kurzen Aufenthalt, denn Barny telefonierte.

»Ich bin's, Vater. Kannst du mich verstehen?«

»Sehr gut. Wie geht es euch?«

»Prima, aber da ist eine komische Sache. Es handelt sich um die beiden Männer, von denen uns die alte Frau Jones erzählt hat. Du erinnerst dich? Der eine soll Professor Hallinan und der andere Sir Richard Ballinor sein. Sie wohnen jetzt hier im Gasthaus, und ich glaube, es sind Betrüger. Der Professor kann keinen Vogel von einem Kalb unterscheiden. Wie sehen sie aus, die richtigen, meine ich, du kennst sie doch.«

»Der eine ist groß und trägt ein Monokel, und Sir Richard ist klein und hat einen Spitzbart.«

»Die Beschreibung paßt genau auf unsere beiden«, sagte Barny erstaunt. »Trotzdem, es sind bestimmt Betrüger. Kannst du vielleicht feststellen, ob Sir Richard und der Professor zu Hause sind? Wenn ja, dann müssen wir auf diese Kerle hier aufpassen. Ich glaube auf keinen Fall, daß sie echt sind.«

Der Vater lachte. »Also gut, ich kümmere mich darum. Die beiden sind in meinem Club. Ich werde es schnell erfahren und dich sofort benachrichtigen.«

»Vielen Dank, aber telefoniere lieber nicht, schicke lieber ein Telegramm. Ein Wort genügt, entweder: falsch oder echt.«

»Gut, nur bringt euch bitte nicht in Schwierigkeiten. Und halte mich auf dem laufenden, damit ich euch helfen kann, wenn es nötig ist. Du bekommst das Telegramm heute abend, die Post kann es telefonisch durchgeben. Und bitte keine Dummheiten! Sind diese Leute tatsächlich Schwindler, könnten sie unter Umständen unangenehm werden, wenn sie merken, daß man ihnen auf die Schliche kommt.«

»Schon gut, Vater. Vielen Dank und auf Wiedersehen«, sagte Barny und legte den Hörer zurück.

»Heute abend wissen wir, was los ist«, wandte er sich an die anderen, »und ich wette, wir haben recht!«

Wieder gingen sie die eine Hälfte des Weges und fuhren die letzte mit dem Bus. Sie waren sehr müde, und sogar Lümmel fand, daß man auch das Spazierengehen übertreiben kann. Nur Miranda war munter wie immer, kein Wunder, sie saß ja meistens auf Barnys Schulter und wurde nun zu allem Überfluß von den Fahrgästen verwöhnt.

»Sie wird bestimmt krank, wenn sie noch mehr Süßigkeiten ißt«, warnte Robert.

Es war kurz vor acht Uhr, als das Telefon klingelte, und Frau Jones hereingehastet kam. »Für dich, Barny«, rief sie.

Wie der Blitz war er am Apparat und hielt vor Auf-

regung den Atem an. »Ein Telegramm für Sie«, sagte jemand am anderen Ende. »Nur ein Wort: ›Falsch‹.«

Falsch, er hatte also recht behalten. Und was trieben Herrn Jones »reiche und berühmte« Freunde hier? Es würde sich herausstellen, Freitag nacht! Er rannte zu den anderen, um ihnen alles zu erzählen. Dina wollte Fräulein Pfeffer einweihen, stieß aber auf allgemeinen Widerstand.

»Findet ihr denn nicht, daß es so aussieht, als ob es gefährlich werden könnte?« fragte sie endlich. »Und eigentlich müßte die Polizei doch alles erfahren.«

Barny schüttelte den Kopf. »Wir warten erst einmal bis Freitag. Die Hauptsache ist jetzt, daß sie Lümmel nicht sehen. Sie wissen, daß er dem gehört, der den Brief hat, und um ihn wiederzubekommen, werden sie sich dann an Stubs halten.«

»Dann vernichten wir den Wisch eben«, sagte dieser prompt.

»Nein, den müssen wir als Beweisstück aufheben. Früher oder später muß die Polizei sich ja doch mit der ganzen Sache befassen. Aber vielleicht suchen wir ein besseres Versteck, und am besten gleich.«

Sie hatten den Brief in Stubs' Bettkasten versteckt, und während Barny hinausrannte, überlegte er fieberhaft, wo er sicherer untergebracht sein würde. Ja, er wußte es schon! Er holte ihn aus dem Kasten und befestigte ihn unter dem Wagen.

Grinsend kroch er wieder hervor. Derjenige, der den Brief an dieser Stelle suchte, mußte schon ein Hellseher sein!

Lümmel saß immer noch traurig im Wohnwagen und begriff nicht, warum er hier gefangengehalten wurde. Er tat Barny leid, und so ließ er ihm Miranda zur Gesellschaft.

Sie setzte sich sofort neben ihn und schnatterte ihm leise etwas ins Ohr. Aber das konnte Lümmel nicht trösten. Regungslos saß er da, mit schiefgelegtem Kopf, und wartete auf sein geliebtes Herrchen. An diesem Abend gingen sie alle früh zu Bett, denn sie waren sehr müde.

»Baden, spazierengehen und all der aufregende Quatsch dazu«, gähnte Stubs, »es kann sich nur noch um Sekunden handeln, und ich falle um.« Sogar Fräulein Pfeffer gähnte verstohlen.

»Komm, Dina«, sagte sie, »gute Nacht, ihr drei.«

Sie schliefen fest und tief, und Dina stand erst auf, als Frau Jones wie jeden Morgen das heiße Wasser brachte. Hinter ihr erschienen David und seine Gans.

»Du lieber Himmel«, rief Fräulein Pfeffer, »jetzt dringen sie schon in unser Schlafzimmer ein. Es fehlt nur noch, daß es sich die Watschelgans in unseren Betten bequem macht.« Frau Jones drehte sich um und scheuchte die beiden zurück.

»Ich habe gar nicht gemerkt, daß sie hinter mir hergelaufen sind«, sagte sie entschuldigend. »David ist zu neugierig, und die Gans ist nicht besser, nicht besser, sage ich. Und woher kommt es? Ich will es Ihnen sagen, meine Dame. Weil mein David so verwöhnt wird, von den feinen Leuten, von Sir Richard und dem Professor. Gestern waren die beiden doch in der Speisekammer und haben sämtliche Brötchen angebohrt. Und mein David läuft den ganzen Tag hinter ihnen her, und was mein Mann, mein Llewellyn ist, der sagt immer . . .«

»Das kennt man«, unterbrach die alte Erzieherin hastig, »das kennt man ja. In einer halben Stunde sind wir zum Frühstück unten.« Und Frau Jones entfernte sich, ohne Unterbrechung weiterredend.

Alle erschienen pünktlich im Speisezimmer, auch Sir Richard und der Professor. Wie immer widmeten sich die Kinder dem Frühstück mit großem Appetit, und keines von ihnen ahnte, daß sich David und Watschel unterdessen am Wohnwagen herumtrieben und ins Fenster guckten, Watschel mit vorgestrecktem Hals, und David die Nase an die Scheibe gedrückt. Und beim Anblick des traurigen, einsamen Lümmel schmolz sein kleines Herz vor Mitleid.

»Armer Hund«, murmelte er und klopfte an die Scheibe.

Lümmel sah ihn an und begann voller Hoffnung zu bellen.

»David macht dir die Tür auf«, sagte der Kleine, »warte nur.«

Er kletterte vom Wagenrad und die Stufen hinauf, und Watschel immer hinter ihm her. Die Tür war nicht verschlossen, und er öffnete sie vorsichtig.

Wie der Blitz fuhr Lümmel heraus. Die Gans entfloh laut schnatternd und flügelschlagend, und David war böse. Er hatte doch wenigstens ein Dankeschön erwartet, und gar zu gerne hätte er des Spaniels weiches Fell einmal gestreichelt.

Lümmel raste den Hügel hinauf, hinein in das Gasthaus, warf sich gegen die Tür des Speisezimmers und sprang im nächsten Augenblick wild bellend an seinem Herrchen hoch.

»Lümmel!« schrie dieser. »Bist du verrückt geworden?«

Lümmel winselte und leckte ihn begeistert, und Barny sah schnell zu den beiden Männern hinüber, die fassungslos auf ihrem Platz am Fenster saßen vor ihren Tellern mit Eiern und Speck. Der Spitzbärtige warf nur einen Blick auf den Spaniel, und Barny wußte, daß alles aus war.

»Los«, zischte er und stieß Stubs an, »verschwinde! Er hat Lümmel erkannt und dich auch!«

XVI

Stubs muß sich verstecken

Stubs erschrak zu Tode, fuhr hoch und verschwand mit Lümmel. Barny folgte ihnen. Fräulein Pfeffer sah ihnen verständnislos nach, heftig hinter ihren dicken Brillengläsern zwinkernd.

»Wohin wollen sie denn?« fragte sie kopfschüttelnd. »Ohne ein Wort der Entschuldigung vom Tisch fortzulaufen! Oder fühlt sich einer der beiden nicht wohl, Dina?«

Robert trat Dina auf den Fuß. Wenn sie sich jetzt nur nicht verplapperte!

»Finden Sie nicht auch, daß Stubs ein bißchen blaß aussah?« sagte er schnell. »Vielleicht hat er ja einen Sonnenstich!«

»Einen Sonnenstich?« fragte die alte Erzieherin entsetzt und erhob sich augenblicklich. »Einen Sonnenstich? Dann muß ich sofort nach ihm sehen, den Arzt benachrichtigen und . . .«

»Nein, nein«, unterbrach Robert in beschwörendem Ton, »warten Sie doch, bis Barny zurückkommt.« Und mit einladender Handbewegung fügte er flehentlich hinzu: »Lassen Sie die Eier und den Speck nicht kalt werden! Er ist bestimmt nicht krank.«

Zögernd setzte sie sich wieder, und Robert schielte unter gesenkten Wimpern zu den beiden Männern hinüber, die ein ernstes Gespräch zu führen schienen. Der Spitzbärtige sah nachdenklich aus, und Robert wünschte brennend, er könnte hören, was sie sprachen.

Währenddessen saßen Barny und Stubs im Wohnwagen,

Lümmel zu ihren Füßen und Miranda an Barny gekuschelt.

Stubs wischte sich stöhnend mit seinem schmutzigen Taschentuch die Stirn. »Wenn ich nur wüßte, wie Lümmel hier 'rausgekommen ist! Er kann die Tür doch nicht alleine aufmachen. Ich wette, es war dieser verflixte Bengel, dieser David. Und jetzt sitzen wir in der Tinte. Jetzt wissen sie, wer ihren Brief hat.«

»Ja, und sie werden versuchen, auf alle Fälle und mit allen Mitteln seiner habhaft zu werden. Wie, weiß ich auch nicht, aber für dich wird es verdammt unangenehm, wenn sie dich erwischen! Es ist das beste, du verschwindest und versteckst dich erst einmal.«

»Aber wo? Im Wohnwagen? Da haben sie mich gleich.«

»Nein, hier natürlich nicht«, sagte Barny. »Ich glaube, es ist das richtigste, du fährst mit dem nächsten Autobus nach Dilcarmock und bleibst bis zum Abend da. Du mußt nur aufpassen, daß sie dich nicht sehen, wenn du einsteigst. Soll ich lieber mitkommen?«

»Ach ja«, seufzte Stubs erleichtert. »Aber was sagen wir Fräulein Pfeffer?«

Barny stand auf. »Ich sage Robert Bescheid, er kann uns bei ihr entschuldigen, wir hätten den Bus nach Dilcarmock noch bekommen wollen.«

»Und ich habe noch nicht fertig gefrühstückt«, seufzte Stubs wieder. »Hätte ich mich doch nie auf diesen Quatsch mit dem Brief eingelassen!«

Barny grinste ein bißchen, verschwand und lief zum Gasthaus hinauf. Er achtete sorgsam darauf, daß er nicht von einem der Fenster aus gesehen wurde, denn dort saßen die Männer ja an ihrem Platz. Dann blieb er einen

Augenblick stehen und spähte durch einen Spalt in der Tür. Er atmete auf, als er sah, daß Fräulein Pfeffer ihm den Rücken zukehrte, er drückte die Klinke herunter und gab Robert ein Zeichen.

Dieser sprang auf, murmelte im Davonlaufen: »Entschuldigen Sie mich bitte«, und ehe Fräulein Pfeffer etwas fragen konnte, war er in der Diele verschwunden.

»Manieren sind das«, murmelte sie kopfschüttelnd, und zum zweiten Male an diesem Morgen zwinkerten ihre Augen verständnislos hinter den Brillengläsern. »Ist irgend etwas nicht in Ordnung, Dina? Ich glaube, ich sehe doch lieber einmal nach dem Rechten.«

»Darf ich schnell noch meinen Toast aufessen?« bat Dina, um noch ein wenig Zeit für die Jungen zu gewinnen.

Währenddessen unterrichtete draußen in der Diele Barny Robert. »Es ist besser, Stubs macht sich für eine Weile unsichtbar«, flüsterte er hastig. »Wir fahren nach Dilcarmock und kommen erst abends wieder. Dann schließ' ich ihn im Wohnwagen ein, sage, er sei müde, und bringe ihm etwas zu essen. Vielleicht bleibe ich auch lieber bei ihm, falls die Kerle versuchen sollten, an ihn heranzukommen!«

»Gut«, nickte Robert, »du kannst dich auf uns verlassen. Aber Fräulein Pfeffer hat schon etwas gemerkt. Ihr müßt euch beeilen, in einer halben Minute kann sie hier sein.«

»Also dann bis heute abend.« Barny rannte davon, um Stubs zu holen, und gleich darauf sah Robert sie den Hügel zum Dorf hinunterjagen. Ob sie den Bus noch erwischten? Knapp! Und der nächste fuhr erst in einer Stunde! Er ging wieder hinein und stieß beinahe mit Fräulein Pfeffer zusammen.

»Was geht hier eigentlich vor?« fragte sie. »Sag mir die Wahrheit, Robert! Einer nach dem anderen verläßt den Frühstückstisch ohne ein Wort der Erklärung. Es ist mir unbegreiflich. Und wo sind Stubs und Barny?«

Bevor er antwortete, sah Robert sich schnell um. Die Männer durften auf keinen Fall zuhören!

»Ach, das ist ganz einfach«, begann er strahlend, »ganz einfach. Die beiden wollten heut so gern noch einmal nach Dilcarmock, und da ist ihnen eingefallen, daß der Bus ja gleich fährt, und deshalb sind sie so Hals über Kopf aufgebrochen.«

»Ist es möglich!« sagte Fräulein Pfeffer verwundert. »Sie hätten mich doch vorher von ihren Plänen unterrichten müssen. Und ihr? Wolltet ihr sie nicht begleiten?«

»Nein, nein, wir bleiben bei Ihnen! Wir mieten uns ein Boot, wir drei zusammen.«

»Sehr schön«, lächelte sie erfreut, »sehr schön. Doch Barnys und Stubs' Benehmen stimmt mich traurig. Warum wollten sie mich nicht einweihen? Fürchten sie am Ende gar, ich könne ihnen diese kleine Freude verderben?«

In diesem Augenblick durchquerten die Männer die Diele. Sie sprachen leise miteinander und sahen sich suchend nach allen Seiten um, und Robert beschlich ein unangenehmes Gefühl. Sie starrten ihn an, und es schien, als wolle der Spitzbärtige auf ihn zugehen. Aber er wurde von dem anderen zurückgehalten. Anscheinend störte diesen die Gegenwart der alten Erzieherin.

›Angst haben sie‹, dachte Robert, ›Angst, daß Fräulein Pfeffer die Polizei ruft, wenn sie zuviel Radau wegen der Sache mit Stubs und dem Brief machen.‹ Und er war froh, als Dina jetzt hinter den beiden auftauchte.

»Heute vormittag rudern wir!« rief er ihr zu. »Es ist gerade das richtige Wetter, Sonne und viel Wind!«

»Prima«, sagte sie und hätte gerne nach Stubs und Barny gefragt, aber im Beisein Fräulein Pfeffers konnte sie es ja nicht tun. Robert nahm ihren Arm, und sie liefen zusammen zum Wohnwagen. »Wir schaffen nur schnell noch Ordnung«, rief er über die Schulter zurück, »in zehn Minuten sind wir fertig.«

Dina fand es sehr vernünftig, nach Dilcarmock zu fahren. »Wenn wir nur erst den Freitag hinter uns hätten!« seufzte sie. »Mir ist die ganze Geschichte unheimlich.

Warum muß Stubs nur immer in so etwas hineinschlittern? Aber er ist jetzt bestimmt quietschvergnügt, sitzt im Bus, und wahrscheinlich unterhält er die Fahrgäste mit seinem ewigen Banjo und kommt sich wunderbar dabei vor!«

Sie hatten beinahe richtig geraten. Nur war es dieses Mal eine nicht vorhandene Mundharmonika, mit der Stubs den Fahrgästen die Zeit vertrieb. Genau wie die Töne des imaginären Banjos verstand er die der Mundharmonika meisterhaft nachzuahmen. Alle waren begeistert, lachten, klatschten Beifall und feuerten ihn zu einer Zugabe nach der anderen an. Nein, er war im Augenblick in großartiger Stimmung und beunruhigte sich nicht sehr, jedenfalls nicht halb so viel wie die anderen!

Und als Miranda dann noch auf den Boden sprang und nach der Musik zu tanzen begann, drehte sich sogar der Fahrer um, und der Bus landete beinahe im Straßengraben.

»Hör auf«, sagte Barny amüsiert, »du sorgst sonst noch mit deinem Blödsinn für einen Unfall.«

Währenddessen schlenderten Fräulein Pfeffer, Dina und Robert zum Strand hinunter, und die alte Erzieherin meinte, sie würden auf dem Wasser in der prallen Sonne große Hüte brauchen. So kehrten sie erst einmal bei der alten Frau Jones ein, und dabei fiel natürlich für Dina und Robert ein Eis ab.

Und während sie es noch aßen, gingen die beiden Männer langsam vorüber und starrten sie durch die Scheiben an. Doch zu Roberts großer Erleichterung kamen sie nicht herein.

»Ich finde das Verhalten dieser Leute recht seltsam«, murmelte Fräulein Pfeffer und sah den beiden, wie es

schien, unangenehm berührt nach. »Auch der Grund ihres Aufenthaltes ist recht unklar. Sie fischen nicht, sie baden nicht, und selbst an einem so heißen Tag wie diesem laufen sie in ihren Straßenanzügen einher. Sie sind mir wenig sympathisch, und wäre ich nicht über ihre Herkunft informiert, würde ich ihnen nicht über den Weg trauen!«

»Sicher sind es Ehrenmänner, wenn vielleicht auch nur dunkle«, grinste Robert und warf Dina unter gesenkten Wimpern einen schnellen Blick zu.

Sie verbrachten einen wunderbaren Vormittag, weit draußen auf dem Wasser. Sie ruderten oder faulenzten und ließen die Hand durch die Wellen gleiten. Sie badeten vom Boot aus und waren am Ende rotbraun wie die Indianer. Und Fräulein Pfeffer äußerte mehrere Male ihre Befriedigung darüber, bei der alten Frau Jones einen riesigen Strohhut erstanden zu haben.

Auch Barny und Stubs verbrachten einen nicht weniger wunderbaren Tag in Dilcarmock. Einen Tag, von dem

Stubs später behauptete, er habe sich gelohnt! Und das wollte etwas heißen!

Dilcarmock war ein großer Badeort, voller Möglichkeiten, sich zu vergnügen. Sogar einen Jahrmarkt gab es, und Barny, der jahrelang auf den verschiedensten gearbeitet hatte, war eigenartig berührt, das alles wiederzusehen, die Buden, die Karussells und die Luftschaukeln.

Miranda war natürlich selig, und Lümmel begegnete so vielen Hunden wie nie zuvor in seinem Leben, und er fand Dilcarmock viel interessanter als Penrhyndendraith.

»Zeit für den Bus«, sagte Barny endlich, »sonst bekommen wir kein Abendbrot mehr. Aber du wirst wahrscheinlich gar keinen besonderen Wert darauf legen, nachdem du dich hier vollgeschlagen hast. Mindestens zwölf Eiswaffeln, und der Himmel mag wissen wie viele Bratwürste, und dann der furchtbar süße Honigkuchen, und warte mal, wie viele Käsebrötchen?«

»Ist doch egal«, grinste Stubs, »ich habe jetzt wenigstens schon wieder Appetit. Wir dürfen den Bus auf keinen Fall verpassen. Lümmel, bleib hier, und wehe, wenn ich dich erst suchen muß, wenn er kommt.«

Sie liefen zur Haltestelle und erreichten sie keine Minute zu früh. Sie setzten sich hinter den Fahrer, Miranda auf Barnys Schulter und Lümmel zu Stubs' Füßen.

»Hoffentlich lassen mich diese Kerle heute abend in Ruhe«, sagte Stubs plötzlich, »ich habe gar nicht mehr an sie gedacht, so prima war es!«

Sie waren froh, als sie endlich den Hügel zum Wohnwagen hinaufstiegen. Robert wartete schon auf sie. Er sah ganz verstört aus.

»Stellt euch vor«, rief er und rannte ihnen entgegen,

»stellt euch vor, der Brief ist weg! Das war David! Ich habe diesen Idioten schon überall gesucht und kann ihn nicht finden! Hoffentlich läuft er nun den beiden Kerlen nicht in die Arme! Es ist zum Verrücktwerden!«

XVII

Ein Wecker rasselt

Barny und Stubs starrten Robert entgeistert an. Der Brief! Der Brief war weg! Und sie hatten geglaubt, niemals würde ihn jemand unter dem Wohnwagen finden!

»Das ist noch nicht alles«, sagte Robert hastig, »das Schloß war aufgebrochen und drinnen alles durcheinandergewühlt!«

»Das sind die beiden Kerle gewesen«, sagte Barny sofort. »David hätte das nie gewagt. Er hätte das Schloß ja auch nie aufbrechen können.«

»Und warum soll dann ausgerechnet er den Brief haben?« fragte Stubs.

»Das will ich dir gleich erklären. Als Fräulein Pfeffer, Dina und ich zum Mittagessen zurückkamen und ich noch einmal in den Wohnwagen ging, sah ich Watschel vor der Tür stehen. Das Schloß war noch in Ordnung. Ich wunderte mich, daß Watschel allein war, weil David doch sonst immer bei ihr ist.«

»Und wo war er? Etwa unter dem Wagen?« fragte Barny.

»Ja, ich sah mich nach ihm um und konnte ihn nirgends entdecken. Aber dann steckte Watschel plötzlich den Kopf unter den Wagen und schnatterte wie verrückt. Na, und da wußte ich ja Bescheid, und da lag er tatsächlich, steif wie ein Stock, und verhielt sich still wie eine Maus.«

»Hast du denn gesehen, daß er den Brief hatte?« fragte Stubs.

»Natürlich nicht. Ich habe auch gar nicht an den Wisch

gedacht. Ich habe David vorgeholt und ihn fortgejagt. Er ist zu neugierig, genau wie ein Äffchen. Oh, Miranda, entschuldige bitte, du bist nicht gemeint.« Robert grinste ein bißchen.

Miranda schnatterte fröhlich, sie hatte die Bemerkung wohl gar nicht auf sich bezogen. »Ja, und dann nahm David die Beine in die Hand und schoß mit seiner Gans davon. Und mir fiel plötzlich der Brief ein, und da entdeckte ich die Bescherung. Die Reißzwecken lagen auf dem Boden herum und von dem Fetzen keine Spur. Es muß also David gewesen sein, die Männer waren es jedenfalls nicht, sonst wären sie auf keinen Fall am Nachmittag gekommen und hätten das Schloß aufgebrochen. Das ist doch klar.«

Barny nickte. »Natürlich. Wenn man nur wüßte, ob der Bengel ihn noch hat. Los, das müssen wir feststellen, sofort!«

»Er ist schon im Bett«, sagte Frau Jones, als sie nach ihm fragten. »Er schläft fest, kein Wunder, den ganzen lieben langen Tag herumstromern und nichts wie Dummheiten im Kopf. Er war doch heute wieder in meiner Speisekammer, und ausgerissen ist er dann, und Llewellyn sagt immer . . .«

»Schade«, unterbrach Barny, »wir wollten ihm nämlich etwas schenken, etwas, das wir auf dem Jahrmarkt in Dilcarmock gewonnen haben.« Er zog einen kleinen Wecker aus seiner Tasche. »Der gefällt ihm doch sicher, nicht wahr?«

»Ja, ja«, sagte Frau Jones und streckte die Hand aus, »aber heute abend nicht mehr. Morgen früh kann er ihn haben.«

»Ach, nein, ich möchte ihm den Wecker lieber selber geben«, sagte Barny schnell, steckte ihn wieder in seine Tasche und ging hinaus.

»Wir werden ihm ein Tauschgeschäft vorschlagen«, sagte er, »er gibt uns den Brief und ich ihm den Wekker.«

»Dieser Idiot«, grinste Stubs, »unter den Wohnwagen zu kriechen! Aber Kinder tun die blödsinnigsten Sachen, wenn sie noch so klein sind. Wenn ich da an mich denke; als ich in seinem Alter war, bin ich einmal unter ein Auto gekrochen und habe das Öl auf mich tropfen lassen.«

Dina schüttelte sich. »Das hast du gemacht? Pfui Teufel! Nein, so etwas wäre mir früher nie eingefallen.«

Beim Abendbrot waren sie alle sehr vergnügt, besonders deshalb, weil der Platz am Fenster leer blieb.

»Sind sie abgefahren?« fragte Barny Frau Jones und machte mit dem Kopf eine Bewegung in die Richtung.

»Nein, nein, die Herren haben früher gegessen, weil sie noch ein paar Freunde besuchen wollen. Immer haben sie Geschäfte, die Herren. Sogar hier in unserem stillen Penrhyndendraith. Berühmte Männer sind es und reich! Und ich bin stolz, daß sie unser Gasthaus beehren. Und daran ist nur das gute Essen schuld, das sehr, sehr gute Essen! Und Ihnen schmeckt es hier auch. Sie . . .«

»Ja, ja, Frau Jones«, sagte Fräulein Pfeffer, und die kleine Frau nahm das Tablett und hastete aus dem Zimmer.

»Nicht zu bremsen«, grinste Stubs. »Es ist mir völlig schleierhaft, warum Sie sie immer unterbrechen. Ich könnte ihr stundenlang zuhören.«

Fräulein Pfeffer zwinkerte ihm freundlich zu. »O Kind, wir beide haben wohl einen recht verschiedenen Geschmack.«

Stubs' Grinsen wurde breiter. »Nicht immer! Wenn ich zum Beispiel an das gute, sehr, sehr gute Essen denke!«

Die alte Erzieherin lächelte, und die anderen lachten. »Gegen Stubs kommt keiner an. Er hat stets und ständig recht«, sagte Robert.

Auch an diesem Abend gingen sie früh zu Bett, und die drei Jungen hielten noch eine kleine Konferenz im Wohnwagen ab.

»Also, zuerst nehme ich mir David morgen früh vor und jage ihm den Brief ab«, sagte Barny, »das heißt, wenn er ihn noch hat. Und du, Stubs, mußt sehr aufpassen, daß du den Männern nicht über den Weg läufst. Vielleicht denken sie, du trägst ihn noch mit dir herum, denn daß er nicht im Wohnwagen ist, haben sie ja festgestellt, nachdem sie das Unterste zuoberst wühlten.«

»Ich möchte bloß wissen, wo ich morgen bleiben soll«, stöhnte Stubs, »ich kann doch nicht schon wieder nach Dilcarmock fahren.«

Barny gähnte. »Es wird uns schon irgend etwas einfallen. Jetzt will ich erst einmal schlafen. Gute Nacht.«

Am nächsten Tag sahen sie sich sofort nach David um, konnten ihn aber nirgends entdecken. Sie gingen in die Küche, wo Herr Jones damit beschäftigt war, das Frühstück vorzubereiten. Den Düften nach zu urteilen, erwartete sie etwas ganz besonders Gutes!

»Guten Morgen«, grüßte Barny höflich, »können Sie mir sagen, wo David ist?«

Herr Jones drehte sich um und sah ihn schweigend an. Endlich brummte er: »Hier ist er nicht, und er soll sich hier auch nicht blicken lassen, wenn ich koche.« Und damit nahm er eine Pfanne vom Feuer.

Die Jungen zogen sich zurück und hatten das Gefühl, daß sie ebenso unerwünscht waren wie der Kleine.

»Ich verstehe gar nicht, warum dieser Jones immer so eklig und unfreundlich ist, wo er doch nun alles hat, was er will«, sagte Stubs.

Sie achteten darauf, den Männern nicht zu begegnen, und Barny sah vorsichtig durch einen Spalt in der Speisezimmertür. Nur Frau Jones war dort und räumte den Tisch am Fenster ab.

»Oh, haben die beiden Herren schon gefrühstückt?« fragte er.

»Ja, ja, schon sehr zeitig. Sie haben viel zu tun, die Herren, und . . .«

»Wirklich?« sagte Barny. »In so einem kleinen Ort?«

»Sir Richard gehören zwei Fischkutter«, erklärte Frau Jones stolz, »und noch viel mehr! Er . . .«

Sie wurde durch Fräulein Pfeffers und Dinas Erscheinen unterbrochen und lief davon, um sich um das Frühstück zu kümmern.

Nachdem die Jungen gegessen hatten, begaben sie sich von neuem auf die Suche nach David und waren dabei immer darauf gefaßt, die Männer jeden Augenblick irgendwo auftauchen zu sehen. Aber sie trafen niemanden. Und es war schon bald Mittag, als sie endlich David und Watschel entdeckten, die wie gewöhnlich zusammen umherzogen. Der Kleine kam sofort auf sie zugerannt.

»Eine Uhr, David soll eine Uhr kriegen, hat Mutter gesagt!«

»Hat sie das gesagt?« lachte Barny und brachte den hübschen, kleinen Wecker zum Vorschein.

Voller Entzücken betrachtete David ihn von allen Seiten, redete ganz schnell etwas in seinem unverständlichen Dialekt und griff danach. Aber Barny zog ihn zurück.

»Hör zu«, sagte er, »du sollst den Wecker haben, du mußt mir nur etwas anderes dafür geben.«

»Messer«, sagte David eifrig und kramte in seiner Tasche.

»Nein, nein, ich möchte das Papier haben, das du unter dem Wohnwagen gefunden hast. Du hast es doch genommen, nicht wahr? Und jetzt gibst du es mir wieder und bekommst dafür die Uhr.«

»Papier ist weg«, sagte David ernsthaft.

»Weg? Wieso?« fragte Robert.

»Die Onkel haben es«, sagte der Kleine und zeigte zum Gasthaus hinüber.

»Wann haben sie es genommen?« fragte Barny aufgeregt.

Das schien David nicht zu wissen. Und plötzlich fing er an zu weinen. »Sie haben mit David geschimpft. David hat da gesessen und ein Boot aus dem Papier gemacht.« Er zeigte auf einen Holzschemel, der auf der Wiese stand. »Und da ist der Onkel gekommen und hat gesagt: ›Gib das her!‹ und hat so gemacht, so.« Er grabschte nach der Uhr, die Barny hielt.

»Na also«, sagte Robert, »hab ich's mir doch gedacht!«

»Der Onkel hat Watschel getreten, so.« David stieß mit einem Bein in die Luft. »Böse war er! Krieg' ich nun die Uhr?«

»Das muß ich mir erst einmal überlegen«, sagte Barny, »du hast ja das Papier nicht mehr, du warst ungezogen, weil du es genommen hast.«

»Er hat doch wahrscheinlich gar nicht gewußt, daß es uns gehört«, sagte Robert, als der Kleine wieder zu weinen begann. »Und er hat bestimmt nicht gewußt, daß es so wertvoll für uns war.«

»Du hast recht«, nickte Barny und sah auf den schluchzenden Jungen. Er legte seinen Arm um Davids Schultern. »Hör auf zu weinen. Hier, nimm die Uhr. Siehst du, so wird sie aufgezogen, und dann macht sie: Tick-tack-tick-tack.«

Der Kleine war glücklich. Er nahm den Wecker und hielt ihn an Watschels Ohr. »Hör mal, tick-tack-tick-tack«, flüsterte er.

Die Gans wich zurück. War das nicht unheimlich, dieses Geräusch?

»Und hier mußt du drehen, wenn er klingeln soll«,

erklärte Barny weiter. »Siehst du, hier an diesem Knopf. Und nun paß auf!«

Der Wecker fing plötzlich an zu rasseln, und Watschel rannte voller Entsetzen davon. David aber war überwältigt und warf beide Arme um Barnys Beine vor Dankbarkeit und Freude.

»Danke schön! David bringt das Papier auch wieder, bestimmt.«

»Schön wär's ja«, lachte Barny, »aber dazu ist es zu spät, na, lauf!«

David lief hinter seiner Gans her, und die Jungen sahen sich an.

»Reingefallen«, sagte Barny. »Sie haben den Brief, und jetzt wissen sie alles, alles, was sie heute abend zu tun haben. Übrigens, müßte es nicht schon Mittag sein? Wo ist Fräulein Pfeffer eigentlich?«

»Sie ist oben, ich hole sie«, erbot sich Stubs schnell, »komm, Lümmel, wir beide werden sie jetzt in taktvoller Weise darauf aufmerksam machen, daß sie sich verspätet hat.«

Sie rasten die Treppe hinauf, aber Fräulein Pfeffer war nicht in ihrem Zimmer, und so rasten sie wieder zurück, Lümmel voran.

Und plötzlich blieb Stubs stehen und erschrak zu Tode. Der Spitzbart kam aus dem »besten Zimmer«, ging über den Flur, sah ihn, ging schneller und schneller und ging auf ihn zu!

»Da bist du ja, mein Kleiner«, sagte er leise und packte ihn beim Kragen. »Was weißt du? Na, los, wird's bald?«

Er schleppte ihn bis zur Treppe, und Stubs, dem der hochgerissene Hemdkragen die Luft abschnürte, war starr vor Entsetzen.

Er versuchte etwas zu stammeln, aber der Mann verstand ihn nicht und schüttelte ihn wie eine Ratte. »Antworte! Antworte, oder ich dreh dir den Hals um!«

Und in diesem Augenblick kam Lümmel zurückgerast,

besinnungslos vor Wut. Er stieß ein gefährliches Knurren aus, raste auf den Spitzbart zu und biß ihn in die Wade. Der Mann schrie auf, ließ Stubs los, der drehte sich um, stürmte in Fräulein Pfeffers Zimmer und schloß ab.

Er lauschte, nach Atem ringend, und hörte, wie der Mann die Treppe hinunterlief. Was würde er jetzt tun? Stubs wagte nicht, das Zimmer zu verlassen. Wenn er ihn nun noch einmal erwischte?

XVIII

Davids Entdeckung

Robert, Barny und Dina warteten währenddessen geduldig auf Stubs, und nach einer Weile kam Fräulein Pfeffer vom Garten her auf sie zu. Sie hatte dort in ihrem Liegestuhl gesessen und Zeitung gelesen.

»Nun, Kinderchen, ihr seid schon bereit zum Mittagessen, wie ich sehe.« Freundlich zwinkerte sie ihnen hinter ihren dicken Brillengläsern zu. »Aber ohne Stubs? Er ist doch sonst der erste, wenn es sich um das leibliche Wohlergehen handelt.«

Die anderen warfen sich einen Blick zu. Ja, wo war er denn geblieben? Warum kam er nicht zurück, wenn er Fräulein Pfeffer oben nicht getroffen hatte? War das nicht seltsam?

»Ich hole ihn«, sagte Barny plötzlich, lief ins Haus, die Treppe hinauf und den Flur entlang bis zu Fräulein Pfeffers Zimmer. Die Tür war verschlossen, und Lümmel stand davor und winselte.

Barny klopfte. »Stubs?«

»Barny?« Stubs' Stimme klang verängstigt. »Warte, ich schließe auf.«

Der Schlüssel drehte sich im Schloß, und Barny fragte erstaunt. »Was machst du denn hier? Wie siehst du denn aus? Du bist ja ganz weiß! Ist etwas passiert?«

»Ja«, flüsterte Stubs und ließ sich wieder auf Fräulein Pfeffers Bett sinken. »Der Spitzbart hat mich erwischt! Und wäre Lümmel nicht gewesen, dann läge ich jetzt als toter Mann am Ende der Treppe. Ich muß übrigens mit dem Kopf gegen die Wand geschlagen sein, ich habe

wahnsinnige Kopfschmerzen. Aber Lümmel hat mich gerettet, ich glaube, er hat den Kerl ganz schön zugerichtet, das gute, alte Tier.«

Lümmel wedelte, höchstwahrscheinlich in Gedanken an seine eben vollbrachte Heldentat.

»Verdammt!« sagte Barny. »Verdammt, und was nun?«

»Ich bleibe hier oben. Erzähl Fräulein Pfeffer, was du willst. Ich bleibe hier oben. Ich habe keine Lust, dem Spitzbart heute noch einmal zu begegnen.«

Barny nickte. »Ich sage ihr einfach, du habest dir den Kopf gestoßen und furchtbare Kopfschmerzen, und du wolltest dich ein bißchen hinlegen, und hier oben sei es so schön ruhig. Möchtest du vielleicht etwas zu essen haben?«

»Nein, danke«, ächzte Stubs, »ich könnte keinen Bissen herunterbringen. Wenn ich nur daran denke, dreht sich mir der Magen um.«

»Pech!« Barny sah ihn mitleidig an und dachte: ›Der Schrecken muß ihm mächtig in die Knochen gefahren sein, wenn er noch nicht einmal etwas essen will.‹ – »Na, dann versuch zu schlafen«, sagte er.

»Mein Kopf dröhnt so«, stöhnte Stubs, »ich habe das Gefühl, er platzt gleich. Oh, Lümmel, hätte ich dich nicht gehabt!«

Lümmel sprang aufs Bett, doch sein Herrchen mußte ihn enttäuschen. »Tut mir leid, mein Liebling, aber das ist Fräulein Pfeffers Bett und nicht meins. Vielleicht lege ich mich lieber auf Dinas, die hat bestimmt nichts dagegen, wenn du es dir ein bißchen gemütlich machst.«

Barny lief wieder hinunter und berichtete Fräulein Pfeffer die Geschichte so, wie sie es eben verabredet hatten. Als sie hörte, daß Stubs noch nicht einmal etwas essen mochte, war sie dermaßen erschrocken, daß sie sofort zu ihm hastete. Und Barny erzählte den anderen schnell, was geschehen war. Dina und Robert hörten voller Entsetzen zu. Der Ärmste!

Endlich kam Fräulein Pfeffer zurück, und während sie ins Speisezimmer gingen, sagte sie besorgt und noch ein wenig außer Atem: »Es ist mir unbegreiflich, wie das Kind sich so stoßen konnte, und wie beängstigend, daß er im Bett bleiben will. Natürlich halte ich es auch für das richtigste, aber diese Tatsache beunruhigt mich doch einigermaßen, bei seinem Temperament. Wenn er heute abend noch so bleich aussieht, rufe ich den Arzt. Aber vielleicht ist es nicht erforderlich, denn in meinem Zimmer hat er die nötige Ruhe. Hoffentlich benutzt er die Eau de Cologne fleißig, die ich ihm daließ. Gleich nach dem Essen werde ich noch einmal hinaufgehen, und dann ist es wohl das beste, er schläft bis zum Tee. Das arme Kind!«

»Bis zum Tee ist er zehnmal wieder in Ordnung, da wette ich um meine letzten fünf Mark«, sagte Robert und belud seinen Teller mit einem großen Stück Braten, Salat und Kartoffeln. »David ist übrigens selig mit seinem Wecker, ich glaube, er hat den ganzen Vormittag nichts anderes gemacht, als ihn aufgezogen. Ich habe es jedenfalls dauernd von überallher klingeln hören.«

Nach dem Essen ging Fräulein Pfeffer noch einmal zu Stubs. Sie war sehr erleichtert, ihn fest schlafend zu finden, verließ das Zimmer auf Zehenspitzen und hoffte, daß er sich besser fühlen würde, wenn er aufwachte.

»Wollt ihr heute wieder baden, Kinderchen?« fragte sie die drei.

»Ja, wir können bis zu den Felsenbuchten gehen«, sagte Robert, »das Wasser dort ist sicher warm wie in einer Badewanne.«

So schlenderten sie also wenig später durch den weißen Sand am Strand entlang. Die Felsen waren ziemlich hoch, und jetzt, bei Ebbe, hatte das ablaufende Wasser kleine, sehr warme Seen zwischen ihnen zurückgelassen, in denen graue Garnelen zu Hunderten schwammen.

Sie badeten und lagen dann faul in den Tümpeln oder im heißen Sand.

»Was Fräulein Pfeffer wohl jetzt macht«, gähnte Dina, »sicher liegt sie in ihrem Liegestuhl unter dem riesigen Sonnenschirm und hält ein Mittagsschläfchen. Komisch, daß man nach dem Essen immer so müde wird.«

Barny hatte sich einen der Tümpel ausgesucht und fand es sehr lustig zu beobachten, wie ein Schwarm kleiner Garnelen anscheinend neugierig um ihn herumschwamm. Er richtete sich auf, um es den anderen zu zeigen, und in diesem Augenblick sah er zwei Männer den Strand entlangkommen.

Er pfiff durch die Zähne und rief leise zu Dina und Robert hinüber: »Achtung, der Spitzbart und das Glotzauge! Zieht die Köpfe ein! Wo die wohl hinwollen?«

Die beiden Männer gingen schnell vorüber und sprachen mit gedämpfter Stimme.

»Sie sind bestimmt auf dem Weg zu einem Schwatz mit Morgan und Jim«, überlegte er. »Wahrscheinlich wegen ihrer feinen Unternehmungen heute nacht. Ich wette, daß,

wenn es ganz dunkel ist, eins von Morgans Booten mit irgendeiner interessanten Fracht hereinkommt, weil sie keinen Wert darauf legen, daß jemand beim Ausladen hilft.«

Alle lachten und schwiegen dann wieder, und es dauerte eine Weile, bis Robert plötzlich rief:

»Da, seht nur, ist das nicht David mit seiner Gans? Er scheint den beiden nachzuschleichen. Versteht ihr, warum? Seht nur, er hält sich ganz dicht an den Klippen, damit sie ihn nicht entdecken.«

Dina schüttelte den Kopf. »Dieser Junge ist doch zu neugierig. Nie weiß man, ob er nicht in der nächsten Minute irgendwo auftaucht, nie ist man sicher vor ihm.«

Sie ließen sich alle wieder zurücksinken, den Kopf gegen die Felsen gelehnt. Dina gähnte. »Ich glaube, ich lege mich jetzt lieber an den Strand, sonst schlafe ich noch ein. Und ich habe keine Lust, davon aufzuwachen, daß mir das Wasser bis zum Halse steht!«

Es war ein fauler Nachmittag, und die vier, Miranda eingerechnet, genossen ihn sehr, obgleich sie Stubs und Lümmel vermißten. Miranda saß dicht bei Barny auf einem Felsvorsprung, traurig darüber, daß sie nicht auf seiner Schulter, ihrem alten Stammplatz, hocken konnte. Aber nichts in der Welt hätte sie bewegen können, mit Wasser in Berührung zu kommen.

Es mochte eine Stunde vergangen sein, als sie leise, aber eindringlich, zu schnattern begann. Barny richtete sich auf. »Was ist los? Kommt jemand?«

Ein kleines, braungebranntes Gesicht mit einer Unmenge strohblonden Haares darüber zeigte sich hinter einem der Felsen. Es war David. Und noch jemand sah neugierig auf sie herab, Watschel, die Gans.

»Da«, sagte David geheimnisvoll und zeigte auf den Strand.

»Was willst du denn? Willst du mir etwas erzählen?« fragte Barny leise.

»Onkel«, sagte David, »Onkel. David hat gesehen, wo sie hin sind. David wollte das Papier wiederholen und ist hinter ihnen hergegangen. Sie sind in die Höhle, 'rauf in die Höhle.«

Barny sah Robert an. »Was meint er nur?« fragte er. »Glaubst du, er ist wirklich hinter den beiden hergelaufen, um den Brief wiederzubekommen?«

»In die große Höhle 'rauf«, sagte David und nickte eifrig. »David zeigt es euch.«

»Komische Sache«, murmelte Barny. »Wir könnten ja ruhig einmal mit ihm gehen und sehen, was er meint. Hör mal, waren das nicht Stimmen? Vielleicht kommen die beiden zurück. David, hierher, duck dich!«

Der Kleine und die Gans kletterten über die Felsblöcke, und David hockte sich neben Barny, während die Gans ins Wasser watschelte und rund um den Tümpel schwamm.

»Onkel sind wieder da«, trompetete David und schielte über den Felsrand. Barny zog ihn am Hemdzipfel zurück.

»Pst«, machte er, »duck dich.« Und der Kleine begriff und rührte sich nicht, nur mit dem einen Fuß bewegte er leicht das Wasser.

Wieder gingen die Männer dicht an ihnen vorüber und verschwanden dann hinter den Riffen. David stand auf. »Wollt ihr mit?« fragte er und zeigte wie kurz vorher in die gleiche Richtung. Barny und Robert stiegen aus dem Wasser, schüttelten sich wie Hunde und folgten dem Kleinen und seiner Gans auf dem Weg, den die Männer gekommen waren.

Übersetzung des Schildtextes: Betreten verboten

Nach einiger Zeit erreichten sie die Höhlen, die tief in die Klippen hineinführten, und David verschwand in der einen, vor der das Schild mit der Aufschrift: »Betreten verboten!« stand. Barny faßte seinen Arm.

»Bleib hier, da darfst du nicht hinein!«

David begriff anscheinend nicht, was er meinte, und lief weiter. Zögernd folgten die beiden, ein wenig ängstlich, daß die Decke über ihnen einstürzen könnte.

»Ach, es wird wohl gar nicht gefährlich sein«, sagte Robert plötzlich. »Wenn die Männer hier hineingegangen sind, ist es bestimmt nicht gefährlich.«

»Vielleicht haben sie das Schild hier selber aufgestellt«, grinste Barny, »vielleicht haben sie in der Höhle ihr Versteck.«

»Sehr groß ist sie aber nicht«, murmelte Robert, als sie an ihrem Ende angelangt waren. »Hier kann man nichts verstecken.«

»Sieh dir David an!« rief Barny. »Er klettert den Felsen

hinauf! Da! Jetzt läuft er auf einem Sims weiter, weg ist er.«

Ja, er war plötzlich verschwunden, und Watschel, die Gans, stand verlassen dort unten und schnatterte traurig und sorgenvoll.

David erschien wieder und winkte. Nur seine Umrisse konnten sie erkennen.

»Hier geht's weiter«, rief er, »hier!«

Barny und Robert wurden neugierig. Vorsichtig stiegen sie den Felsen hinauf, erreichten den Vorsprung und liefen auf ihm entlang. Nach ein paar Metern gähnte eine dunkle Öffnung in dem Gestein, durch die David verschwunden war. Er schlüpfte jetzt von neuem hinein, und die Jungen starrten ihm nach, aber sie konnten ihn nicht entdecken, denn dort drinnen war es stockdunkel.

»Hier geht's weiter«, rief er wieder und fügte noch etwas in seinem seltsamen Dialekt hinzu, den niemand verstand.

»Wir kommen«, rief Barny zurück und kroch als erster mit Miranda auf der Schulter durch die Öffnung. Wohin dieser Gang wohl führte? Schade, daß sie keine Taschenlampen mit hatten!

»Eine tolle Entdeckung!« sagte er. »Leider sieht man nicht viel. Komm, David, wir stürzen sonst in dieser Finsternis!«

XIX

Herr Jones ist auch dabei

Die beiden Jungen kletterten wieder hinunter in die Höhle, David landete mit einem Sprung neben ihnen und wurde freudig von Watschel begrüßt.

»Lange, lange Höhle«, sagte er, »Onkel sind da 'raufgegangen und David hinterher.«

»Komische Sache«, murmelte Barny, »vielen Dank, daß du uns das gezeigt hast. Übrigens, die Onkel haben dich doch nicht entdeckt?«

»Nein, nein, sie haben David nicht gesehen, David hat das Papier auch nicht bekommen.« Er sah die Jungen betrübt an, doch gleich darauf verzog sich sein Mund zu einem breiten Lachen. »David hat an Wecker gedreht, und dann hat es rrrrr gemacht, immerzu rrrrr, und die Onkel haben Angst gekriegt und sind weggelaufen.«

Barny lachte. »Du hast Ideen, du kleiner Affe! Den Wecker aufzuziehen! Du meine Güte, müssen die sich erschrocken haben! Und vielleicht fangen sie nun noch an, trotz hohen Alters, dem Gespensterglauben zu huldigen. Aber du mußt wohl jetzt nach Hause gehen.«

Der Kleine gehorchte ohne Widerspruch, und Robert und Barny rannten zu Dina, um ihr alles zu erzählen. Mit großen Augen hörte sie ihnen zu.

»Schmuggler«, sagte sie, »bestimmt sind es Schmuggler! Und Davids lange, lange Höhle ist ihr Versteck. Ob sie diese Nacht neue Ware dorthin bringen?«

Barny nickte. »Wahrscheinlich. Wenn man nur wüßte, warum sie heute hergekommen sind. Vielleicht wollten sie da Platz schaffen für neue Kisten oder so. Ewig schade, daß wir keine Taschenlampen hatten. Wir hätten bis ans Ende des Ganges gehen können, denn es ist eigentlich ein langer Gang und keine lange Höhle, wie David so schön sagt. Das ist übrigens ein verrückter, kleiner Kerl. Wie der die Felswand hinaufkletterte, genau wie ein Äffchen, genau wie Miranda. Mit ein paar Sätzen war er oben. Und Augen muß er haben wie eine Katze. Ich glaube, er hätte sich sogar in dieser Finsternis zurechtgefunden. Soviel ich gemerkt habe, schien es steil bergan zu gehen.«

»Ich habe eine Idee«, sagte Robert plötzlich, »wir kommen heute abend noch einmal her und beobachten den Spitzbart und das Glotzauge! Wenn sie zum Strand wollen, müssen sie am Wohnwagen vorbei, und Lümmel wird dann bestimmt bellen. Und wir können ihnen nachschleichen und sehen, was sie in die Höhle bringen.«

»In Ordnung«, sagte Barny, »Stubs kann auch mitkommen, natürlich nur, wenn er sich besser fühlt. Aber du lieber nicht, Dina, Fräulein Pfeffer merkt vielleicht, wenn du aufstehst.«

»Hoffentlich geht es Stubs wieder gut«, sagte sie, »wenn man sich vorstellt, wie dieser Kerl ihn zugerichtet hat! Schon dafür müssen sie ein paar Jahre hinter Schloß und Riegel. Mich soll's nur freuen. Tun so, als seien sie etwas ganz Besonderes, dieser Spitzbart ein Adliger und das Glotzauge ein Professor.«

Robert sah auf seine Uhr. »Halb fünf«, rief er, »wir müssen uns beeilen, damit wir noch Tee bekommen.«

Sie jagten über den weißen Sand davon. Dina hielt mit einer Hand ihren Strohhut fest, und Roberts Bademantel schleifte auf der Erde.

»Wir wollen schnell noch zu Stubs hinauf und ihm alles erzählen«, schrie Barny, der an der Spitze lief. »Vielleicht ist Fräulein Pfeffer noch im Garten und sieht uns nicht.«

Stubs war schon beinahe wieder der alte, und bei dem Bericht der drei fuhr er hoch, und seine Augen glitzerten.

»Ihr werdet lachen«, verkündete er, »ihr werdet lachen, aber ich habe heute nachmittag auch etwas Komisches erlebt. Als ich hier so auf dem Bett lag und vor mich hindöste, hörte ich plötzlich ein Geräusch, das heißt, zuerst hat es Lümmel gehört. Er bellte wie ein Wahnsinniger, und ich bekam einen furchtbaren Schrecken, denn ich dachte, daß diese entsetzlichen Kerle hereinkommen würden. Aber dann habe ich mich damit beruhigt, daß sie sich sicher nicht trauten, weil Lümmel solchen Krach schlug. Außerdem hatte ich bald heraus, daß das Geräusch gar nicht von draußen kam.« Er schwieg einen Augenblick, sah einen nach dem anderen an und flüsterte: »Es war hier irgendwo im Zimmer!«

»Im Zimmer? Ein Geräusch? Und was für eins?« fragte Barny erstaunt.

Stubs zuckte die Schultern und warf ihm unter gerunzelten Brauen einen nachdenklichen Blick zu. »Ich weiß auch nicht. Ich kann es auch nicht richtig beschreiben. Es war so ein Bumsen, und es kam aus der Richtung, wo der Kamin steht. Aber komischerweise klang es so, als wenn es unter dem Fußboden wäre. Wißt ihr, ganz gedämpft!«

Dina sah ihn entgeistert an. »Das müssen die Geräusche gewesen sein!« rief sie. »Oh, Stubs, das müssen die gewesen sein, vor denen uns Herr Jones gewarnt hat und uns deshalb lieber das ›beste Zimmer‹, geben wollte. Er sagte, sie seien manchmal nachts zu hören, aber Fräulein Pfeffer und ich, wir haben bis jetzt nichts gemerkt, und wir haben natürlich geglaubt, das sei alles Unsinn. Und nun ist es doch wahr!«

»Ja, ich habe sie gehört, ganz deutlich«, sagte Stubs. »Und ich habe überhaupt nicht gewagt, mich zu rühren. Und Lümmel hat die ganze Zeit gebellt und ist wie ein Verrückter durchs Zimmer gelaufen und hat geschnüffelt und geschnüffelt.«

»Ja, woher sollten sie denn aber kommen?« fragte Barny. »Vielleicht ist eine Tür hinter der großen Truhe oder ein Wandschrank. Sie steht ja gleich neben dem Kamin.«

»Klar!« schrie Stubs. »Das kann sein! Seht doch mal nach.« Und die drei untersuchten sorgfältig die Wand, aber sie entdeckten nichts.

»Unerklärlich«, sagte Barny, »mir scheint übrigens, es ist besser, wir gehen hinunter, sonst wird Fräulein Pfeffer vielleicht noch mißtrauisch und stellt unbequeme Fragen. Kommst du mit, Stubs?«

»Was denkst du denn, ich sterbe gleich vor Hunger, es kann sich nur noch um Sekunden handeln, und ich kippe um. Und außerdem habe ich auch keine Lust, hier noch länger mutterseelenallein bei diesen blöden Geräuschen zu bleiben.«

So liefen sie also hinunter und fanden Fräulein Pfeffer schon am Tisch sitzend und auf sie wartend.

Nach dem Tee gingen die Kinder mit Lümmel und Miranda zum Wohnwagen, um dort noch einmal ungestört alles zu besprechen. Sie schlossen die Tür ab und unterhielten sich nur im Flüsterton. Und Barny erzählte Stubs ausführlich von ihrem Vorhaben heute nacht. »Willst du mitkommen?« fragte er. Stubs runzelte die Stirn, warf ihm unter gesenkten Wimpern einen schnellen Blick zu und antwortete zögernd:

»Das würde ich natürlich brennend gerne tun, aber ich glaube, es geht nicht, das heißt, ich kann nicht. Ich fühle immer noch ein unsagbares Schwächegefühl in den Beinen, jetzt, wo ich auf bin. Aber vielleicht«, fuhr er lebhafter werdend fort, »vielleicht könnte ich mich auf andere Weise nützlich machen. Was hältst du davon, wenn ich – sobald ihr weggeht – ins Gasthaus laufe und mich auf die Couch in dem Zimmer, das an Dinas und Fräulein Pfeffers grenzt, lege und dort Wache halte und warte, bis die Kerle zurückkommen und euch dann Bescheid sage, sowie ihr wieder da seid?«

Barny starrte ihn an. »Hm«, machte er endlich, »wie du willst.« Er hatte begriffen, daß es für Stubs kein besonders angenehmer Gedanke war, eine Nacht allein im Wohnwagen zu bleiben.

»Wir wollen jetzt lieber unsere Taschenlampen heraussuchen«, sagte Robert. »Macht es dir etwas aus, Stubs, wenn wir Lümmel mitnehmen?«

»Lümmel? Äh, nein.« Stubs zögerte und hätte tausendmal lieber ja gesagt. O ja, es machte ihm etwas aus! Er wußte genau, daß er sich viel sicherer fühlte mit seinem guten Hunde in der Nähe.

Sie fanden die Taschenlampen und zogen sich ihre dicken Pullover an, denn der Wind hatte gedreht, und es war kühler geworden. Und wenig später trafen sie sich mit Fräulein Pfeffer zu einem kurzen Spaziergang auf die Hügel hinter dem Gasthaus. Ein Vogel flog auf, als sie durch das Heidekraut liefen, und Barny zeigte grinsend auf ihn.

»Ist das nicht vielleicht ein Quatschus Silimus? Aber wo hat er sein drittes Bein?«

»Vielleicht eingezogen«, kicherte Dina.

Barny nickte ernsthaft. »Ja, äh, mein liebes Kind, äh, das

ist gut möglich. Nun, zur Vorsicht fragen wir nachher das Glotzauge, Verzeihung, den Professor.«

Aber er hatte keine Gelegenheit, ihn zu fragen, denn als sie das Speisezimmer betraten, war der Platz am Fenster leer, und Frau Jones unterrichtete sie bereitwillig davon, daß die Herren schon gegessen hätten und jetzt ein bißchen frische Luft schnappten.

Nach dem Abendbrot gerieten die Kinder allmählich in erwartungsvolle Erregung.

»Vor zehn wird es nicht dunkel«, überlegte Barny, »wir könnten noch eine Weile Karten spielen, dann vergeht die Zeit schneller. Wollt ihr? Die Kerle sind noch da. Und entwischen können sie uns auf keinen Fall.«

Die beiden gingen vor dem Gasthaus auf und ab. Und die Kinder konnten sie immer wieder vor den Fenstern auftauchen sehen. Kurz vor zehn Uhr verschwanden sie und stiegen die Treppe hinauf.

»Die bereiten sich jetzt für ihre nächtliche Unternehmung vor«, sagte Barny leise, »los, laßt uns unseren Beobachtungsposten beziehen, und vorher sagen wir Fräulein Pfeffer noch gute Nacht.«

»Viel Glück«, flüsterte Dina ihnen zu, ehe sie der alten Erzieherin in ihr Zimmer folgte. Die drei Jungen liefen zum Wohnwagen, und nachdem Barny und Robert ihre dicken Pullover wieder angezogen und die Taschenlampen verstaut hatten, postierten sie sich hinter den Vorhängen und sahen hinaus. Stubs war jetzt gar nicht mehr so sicher, ob er nicht doch lieber mitgehen sollte, aber die anderen waren dagegen.

»Du siehst noch ziemlich schlecht aus«, meinte Barny nach einem prüfenden Blick in sein blasses Gesicht, »und vielleicht kippst du ausgerechnet dann um, wenn wir in der Höhle sind. Nein, darauf können wir es nicht ankommen lassen. Mach jetzt die Lampe aus, damit die da draußen uns nicht entdecken. Es könnte ihnen sehr leicht einfallen, daß wir sie beobachten.«

Und gleich darauf lag der kleine Raum im Dunkeln. Dichtgedrängt standen die drei am Fenster und starrten hinaus in die Nacht. Kurz nach halb elf Uhr hörten sie Schritte, und im Licht des fahlen Mondes sahen sie die Schatten zweier Männer den Abhang herunterkommen.

Waren es wirklich nur zwei? Barny stieß Robert an. »Es sind drei!« flüsterte er. »Kannst du den dritten erkennen? Kannst du ihn erkennen, den ehrenwerten Herrn Jones? Habe ich mir's doch gleich gedacht, daß er etwas mit der Sache zu tun hat!«

»Ja, ja, er ist es!« sagte Robert aufgeregt. »Also, Herr Jones ist auch dabei! Ein feines Gespann, der Spitzbart, das Glotzauge und der Superkoch! Na, lassen wir ihnen noch etwas Vorsprung.«

Und sobald die drei in der Dunkelheit verschwunden waren, verließen sie mit Lümmel den Wohnwagen, und nur der arme Stubs blieb alleine zurück. Es dauerte keine Minute, da verschloß er die Tür von außen, sprang die Stufen hinunter, jagte zum Gasthaus hinauf und weiter, wie er es sich vorgenommen hatte, in das Zimmer, das neben Dinas lag. Er legte sich auf die Couch und wünschte nichts sehnlicher, als daß Lümmel bei ihm wäre.

Währenddessen schlichen Barny und Robert den Männern nach. Diese hatten nun den Strand erreicht und näherten sich der Merlin-Höhle. Im fahlen Licht des Mondes konnten die Jungen die drei dunklen Gestalten vor sich gut erkennen und hielten sich sorgsam in einiger Entfernung und im Schatten der Klippen.

»Die Flut kommt«, sagte Robert plötzlich, »und sie wird heute nacht ziemlich hoch, der Wind treibt das Wasser herein. Da, sieh, ist das nicht ein Boot?«

Sie blieben stehen, preßten sich dicht an die Felsen und beobachteten, wie es auf das Land zuschoß. Zwei Männer saßen darin, und Robert und Barny waren überzeugt davon, daß der eine von ihnen Morgan sein mußte. Aber der andere?

»Ich schätze, das ist dieser Jim«, sagte Barny. »Übrigens scheinen sie nicht viel geladen zu haben.«

Als das Boot anlegte, gingen die drei Männer nicht hinunter zum Strand, aber sie warteten regungslos, während es von Morgan und dem Unbekannten auf den Sand gezogen wurde. Dann begannen die beiden, große Pakete auszuladen und damit langsam hinaufzusteigen.

Die Wartenden nahmen sie ihnen ab und verschwanden in der mit dem Schild gekennzeichneten Höhle.

»Natürlich ist es genau die, in die uns David heute nachmittag führte«, flüsterte Barny.

Inzwischen waren Morgan und sein Freund zum Strand zurückgegangen und beluden sich von neuem mit Paketen. Anscheinend waren es die letzten, denn nun verschwanden auch diese beiden Männer in der Höhle.

Gleich darauf kam der eine von ihnen noch einmal heraus und zog das Boot bis zum Eingang im Felsen hinauf. Und dann verschwand auch er wieder, und niemand zeigte sich mehr. Waren sie alle zu einem Versteck gegangen, in dem sie die Waren unterbrachten?

Robert und Barny liefen nun auf den Felsen zu, standen vor der Öffnung und lauschten. Nichts war zu hören, außer dem Klatschen der Wellen, die an den Strand schlugen.

»Los«, sagte Barny leise, »los, hinterher!«

Sie schlichen durch den Eingang, ohne die Taschenlampen zu benutzen, denn der Mond schien so hell, daß sie sich auch hier noch in dieser Finsternis zurechtfanden.

»Los«, sagte Barny wieder, war mit einem Satz auf dem Felsvorsprung und zog den erstaunten Lümmel hinauf. »Und um Himmels willen, seid leise! Lümmel, daß du nicht bellst oder knurrst! Hier ist die Öffnung, warte, Robert, ich leuchte dir.«

XX

Der lange, lange Gang

Barny leuchtete in die Öffnung. »Es geht ziemlich hoch hinauf«, sagte er, »beinahe wie in einem Schacht, nur nicht ganz so steil. Ich kann nichts hören, und du?«

»Nichts«, sagte Robert, »sie müssen schon ein ganzes Stück entfernt sein. Komm!«

Sie begannen den engen, dunklen Gang hinaufzusteigen und ließen nur selten den Schein ihrer Taschenlampen auf den Weg vor sich fallen. Sie hörten nichts, bis Lümmel

plötzlich leise und drohend knurrte. Sofort schalteten sie die Lampen aus.

»Stimmen!« flüsterte Barny. »Stimmen, aber sehr gedämpft. Wir müssen jetzt sehr vorsichtig sein. Schirme deine Funzel ab, wenn du sie anmachst, und Lümmel, du bist ganz still, hörst du?«

Sie tappten weiter, blieben ab und zu stehen und lauschten, ob irgendein Geräusch von oben zu ihnen drang. Aber alles blieb still. Entweder waren die Männer nun zu weit entfernt, oder sie sprachen nicht mehr. Plötzlich wurde der Gang sehr steil, und die Jungen entdeckten unregelmäßig in den Stein geschlagene Stufen. Sie stiegen hinauf und sahen, daß sich der Gang zu einer kleinen Höhle weitete. Einen Augenblick setzten sie sich, um auszuruhen, denn sie waren ein wenig außer Atem. Lümmel lief umher und schnüffelte.

»Lümmel, Miranda, wo seid ihr?« flüsterte Barny nach einer Weile, knipste die Taschenlampe an und ließ ihren Strahl rund um das Gewölbe huschen. »Wo sind sie nur geblieben? Hören kann ich sie, aber sehen nicht.«

Er stand auf, ging tiefer in die Höhle und fand sie beide hinter einem großen Felsblock damit beschäftigt, ein paar Knochen auszugraben.

»Laßt das«, flüsterte er, »kommt her!« Miranda sprang auf seine Schulter. Lümmel aber verließ nur zögernd seinen Fund, und alle gingen weiter, den langen Gang hinauf.

»Hast du eine Ahnung, in welche Richtung wir laufen?« fragte Robert.

»Nein, außer, daß es anscheinend die ganze Zeit nach links geht, weiß ich überhaupt nichts. Wir müssen schon hinter den Klippen und in den Hügeln sein.«

Wenig später hörten sie wieder Geräusche, und wieder

blieben sie stehen und lauschten. Es schien, als würde etwas aufeinander gesetzt.

»Ich wette, die öffnen jetzt die Pakete und verstecken den Inhalt irgendwo«, flüsterte Robert. »Wollen wir bis dahin, was meinst du?«

»Ja, aber lieber nur einer von uns. Bleib du mit Lümmel und Miranda hier, und ich schleiche mich, so weit ich es wagen kann, heran. Halt Lümmel am Halsband fest.«

Barny verschwand, und bald kam es ihm vor, als zähle jemand etwas. Die Stimme klang monoton: »Hundert, zweihundert, dreihundert. . .«

Er sah den nun nicht mehr so steilen Weg entlang und entdeckte ein Stück entfernt einen schwachen Lichtschein.

›Dort haben sie also ihr Versteck‹, dachte er, ›wahrscheinlich ist dort auch der Gang zu Ende.‹ Er lauschte angestrengt. ›Das ist doch Morgans Stimme‹, dachte er, ›wenn ich nur verstehen könnte, was sie sagen. Aber zu nah kann ich nicht, das wäre Blödsinn!‹

Ungefähr zehn Minuten lang stand er und lauschte. Die Geräusche blieben, unterbrochen von den Stimmen der Männer. Und dann erschrak er.

Sie kamen! Der fahle Schein verlosch, und statt dessen erhellten plötzlich die starken Lichtkegel mehrerer großer Stablampen die Finsternis. Barny raste zurück.

»Robert, Robert, sie kommen!« keuchte er. »Wo ist Miranda?«

»Entwischt. Ich weiß nicht, wo sie steckt, wahrscheinlich da unten.«

Sie hasteten weiter und hofften, Miranda irgendwo zu entdecken. Aber sie blieb verschwunden. Wieder kamen sie zu der kleinen Höhle, wo Lümmel und sie kurz vorher die Knochen ausgescharrt hatten.

»Da ist sie«, flüsterte Barny erleichtert. Der Strahl seiner Taschenlampe hatte das Äffchen erfaßt, das eifrig im Sande grub.

Es sprang auf den Felsblock und schnatterte. »Komm sofort her«, sagte Barny beschwörend. Aber Miranda war ungezogen. Sie wippte vergnügt auf und ab und dachte gar nicht daran zu gehorchen.

»Wir können doch nicht ewig hier stehen«, drängte Robert. »Sie sind schon ganz nahe.«

»Nein, ich lasse Miranda nicht allein«, sagte Barny. »Wir könnten uns hinter dem Felsen verstecken. Die Kerle haben ja keine Ahnung, daß wir ihnen nachgeschlichen sind. Es ist also ganz ungefährlich.«

»Na, gut«, sagte Robert unruhig. Er lauschte auf die rasch näher kommenden Schritte und Stimmen, und dann verschwanden er und Lümmel hinter dem Felsblock und blieben regungslos stehen, Lümmel den Kopf gegen seine Knie gepreßt. Das Äffchen ließ sich plötzlich auf Barnys Schulter fallen und steckte die kleinen Pfoten unter sein Hemd.

Die Männer waren nun sehr nahe, und das Geräusch ihrer Schritte hallte in dem engen Gang auf dem unebenen Gestein. Lümmel konnte es nicht lassen, leise zu knurren, als sie im Eingang der kleinen Höhle erschienen, in der die Jungen verborgen standen und nicht zu atmen wagten.

Robert gab ihm einen Klaps, voller Angst, man könne ihn hören. Aber anscheinend hatten die Männer bei dem Lärm, den sie machten, nichts gemerkt, und bald entfernten sich ihre Schritte mehr und mehr, und ihre Stimmen wurden leiser und leiser, bis sie in der Ferne verklangen.

»Glück gehabt, wir können gehen.« Barny seufzte

erleichtert und knipste seine Taschenlampe an. »Miranda, nimm die Pfoten aus meinem Kragen und bleib auf meiner Schulter, sonst nehme ich dich nie wieder mit!«

Sie stiegen hinunter bis zu der Öffnung, rutschend und springend an besonders steilen Stellen. Sie fühlten sich jetzt wieder sicher und waren nicht so vorsichtig wie beim Aufstieg. Dann krochen sie durch die Öffnung und standen auf dem Sims, das rund um die große Höhle lief. Der Mond schien herein, und sie erschraken furchtbar.

Sein Licht fiel auf Wasser, nicht auf den weißen Sand, auf bewegtes, ständig steigendes Wasser, das schon bis zum Vorsprung im Felsen reichte! Der Schein ihrer Taschenlampen ließ die Wellen zu ihren Füßen glänzen.

»Die Flut!« flüsterte Barny. »Und sie steigt immer noch! Daran habe ich überhaupt nicht gedacht. Natürlich, alle diese Höhlen werden unter Wasser stehen, besonders wenn der Wind so stark ist und es hereintreibt. Und was nun?«

»Keine Ahnung«, sagte Robert. »Die Männer sind gerade noch zur rechten Zeit heruntergekommen, nein, so viel früher als wir noch nicht einmal. Aber sie hatten ja ihr Boot bis zum Eingang auf den Strand gezogen. Paß auf!«

Sie sprangen zurück, gerade früh genug, um nicht von einer riesigen Welle fortgerissen zu werden. Sie stürzte über den Felsvorsprung, und Robert und Barny rannten in den Gang hinein.

»Verflixt«, sagte Barny, »wir sitzen fest, wenigstens für eine Zeit. Erst in zwei Stunden ist die Flut am höchsten und dazu noch dieser Wind! Und Stubs wird warten und sich ängstigen, wenn wir nicht wiederkommen, er wird sich furchtbar ängstigen!«

Robert schwieg, und endlich meinte er: »Es ist ja nicht mehr zu ändern, und vielleicht schläft er sogar und merkt gar nichts. Weißt du was, wir gehen jetzt und sehen uns das Versteck einmal genau an. Ich bin nur gespannt, was sie da oben untergebracht haben. Komm, Barny, das ist doch ein prima Gedanke! Keiner wird uns stören, denn der Spitzbart und das Glotzauge und alle anderen können ja nicht wieder erscheinen, weil die Höhle unter Wasser steht.«

»Nicht schlecht«, sagte Barny und lachte. »Und wenn wir herausgefunden haben, was sie dort lagern, gehen wir morgen sofort zur Polizei. Nur eins ist unangenehm, noch einmal diese anstrengende Kletterei.«

»Ach was«, beruhigte Robert schnell, »dieses Mal wird es nicht so schlimm. Den Weg kennen wir schon, und wir brauchen nicht im Dunkeln herumzustolpern, und wir brauchen auch keine Angst mehr zu haben, entdeckt zu werden.«

So gingen sie also den Weg zurück, der ihnen jetzt viel kürzer schien, weil sie sich nicht so anstrengen mußten, auch nicht das geringste Geräusch zu machen. Lümmel durfte bellen, wann und wie er wollte, und Miranda konnte vorauslaufen, wenn sie nur mochte.

Endlich erreichten sie den steilsten Teil des Ganges.

»Eine Strickleiter!« sagte Barny plötzlich und blieb stehen. Im Schein der Taschenlampe hatte er sie entdeckt.

Sie überbrückte das letzte Stück des Felsschachtes bis hinauf zu dem Versteck. Robert hielt Lümmel am Halsband, während Barny mit Miranda auf der Schulter hinaufkletterte. Dann machte auch er sich daran, den beiden zu folgen, und der arme Lümmel blieb allein zurück.

Die Jungen sahen sich in dem kleinen Raum um, der ungefähr acht Fuß im Quadrat maß. Es war eine natürliche Höhle im Felsen, und Wände und Boden schienen etwas geglättet worden zu sein. Sie war vollgestopft mit länglichen, durch Nummern gekennzeichneten Paketen und einigen alten Decken, die in einer Ecke lagen. Sonst sahen sie nichts weiter.

»Ein großartiges Versteck«, lobte Robert und betrachtete den kleinen Raum interessiert. »Ich möchte nur wissen, wer es zuerst entdeckt hat. Und was glaubst du, was in den Paketen ist?«

»Ich glaube, ich weiß es«, sagte Barny. »Banknoten! Die sollen wahrscheinlich hier liegen, weil sie im Augenblick noch nicht unter die Leute gebracht werden können, denn die Nummern sind registriert. Vielleicht will man sie auch nach Irland schaffen. Von hier aus ist es ganz einfach. Oder sie sollen so lange aufgehoben werden, bis kein Mensch mehr an den Bankraub denkt. Später kann man sie dann ohne allzu große Gefahr in Umlauf bringen.«

»Donnerwetter, das müssen ja Millionen sein!« stöhnte Robert überwältigt. Er grinste und klopfte auf ein dickes Paket. »Das passiert mir in meinem Leben bestimmt nur ein einziges Mal, daß ich behaupten kann, ich hätte meine Hand auf Hunderttausende von Mark gelegt! Übrigens begreife ich jetzt, wie sie Herrn Jones in ihre Hände bekommen haben. Sie brauchten unbedingt hier an der Küste ein Quartier, vielleicht, wie du sagst, um ihre Ware nach Irland zu schaffen, und deshalb liehen sie ihm das viele Geld. Und nun muß er, ob er will oder nicht, alles tun, denn zurückzahlen kann er es nie und nimmer.«

Barny nickte. »Ja, und so können sie auch bei Gelegenheit ein oder zwei Pakete holen und nach und nach alles abstoßen, vielleicht in London oder in einer anderen großen Stadt. Erinnerst du dich an den Bericht von dem letzten Überfall? Wo die Kerle einen Geldtransport anhielten, den Fahrer hinauswarfen und mit dem Wagen verschwanden? Nicht einer der Scheine ist bis jetzt wieder aufgetaucht, und es würde mich nicht wundern, wenn sie hier lägen!«

»Könnten wir vielleicht eins öffnen und nachsehen?« fragte Robert schnell.

»Lieber nicht.« Barny schüttelte den Kopf. »Wir erzählen morgen alles Fräulein Pfeffer, und ich rufe meinen Vater an. Und der kann die Londoner Polizei benachrichtigen, denn das hier ist nichts für einen Landpolizisten, damit wird der nicht fertig.«

Robert ließ sich auf dem ihm am nächsten liegenden Stapel nieder. »Stell dir bloß vor, ich sitze hier vielleicht auf einer Million! O Barny, es ist zum Verrücktwerden, daß wir hier nicht herauskönnen. Ich kann es kaum noch erwarten, den anderen alles zu erzählen. Und nun müssen wir noch Stunden hier hocken, nur wegen der dämlichen Flut.«

Es war reiner Zufall, daß Barny zur Decke sah. Und was er dort entdeckte, erstaunte ihn dermaßen, daß er steif wie eine Statue stand und sprachlos hinaufstarrte.

Robert war völlig verwirrt, folgte seinen Blicken, und seine Augen weiteten sich.

»Eine Falltür!« schrie er. »Eine Falltür in dieser kleinen Höhle! Die müssen wir aufkriegen und sehen, wohin sie führt! Los!«

Barny war genauso aufgeregt wie er, aber vorsichtiger. »Warte«, sagte er, »du weißt ja nicht, wohin wir da geraten. Wir könnten uns ganz schön in die Nesseln setzen und dem Glotzauge vielleicht als Nachtisch serviert werden. Lümmel, hör auf zu bellen. Du lieber Himmel, der arme Kerl, er benimmt sich wie ein Verrückter. Es ist das beste, ich hole ihn.«

Und dann schichteten sie die Pakete aufeinander, hoch

genug, um die Falltür zu erreichen. Sie fanden beide Platz darauf, hoben die Arme und versuchten, die Bohlen zu stemmen. Aber ohne Erfolg.

»Sie muß von der anderen Seite verriegelt sein«, ächzte Barny, »so ein Blödsinn! Los, noch einmal!«

Sie versuchten es wieder und wieder, und Barny, durch die Anstrengung aufgeregt geworden, stemmte sich ein paarmal zu fest gegen das Holz. Seine Hände rutschten ab, und dann gab es, hervorgerufen durch die Erschütterung, ein dumpfes Geräusch.

Erschöpft setzte er sich einen Augenblick und wischte sich den Schweiß von der Stirn. »Wenn sie etwas im Boot hereinbringen«, sagte er nach einer Weile, »werden sie den Gang benutzen und die Falltür nur, wenn sie etwas abholen. Sehr praktisch!«

»Wir müssen sie einfach aufbekommen. Los, wir können ein Paket zum Rammen nehmen, fest genug sind sie. Hör auf zu bellen. Lümmel, ich bin schon halb taub!«

Plötzlich sprangen sie in panischem Schrecken herunter, Lümmel knurrte furchterregend, und Miranda suchte Schutz auf Barnys Schulter.

»Da ist jemand! Auf der anderen Seite! O Barny, wenn das die Männer sind, dann sind wir verloren, dann gibt es keinen Ausweg mehr!«

XXI

Die Falltür öffnet sich

Und Stubs, wie war es ihm unterdessen ergangen? Ihm, der allein im Zimmer lag und ängstlich lauschte, ob die Männer zurückkamen?

Er war bereit, in dem Augenblick unter die Couch zu kriechen, in dem er Schritte hörte.

Aber er wartete Stunde um Stunde, und nichts rührte sich. Und dann war er plötzlich eingeschlafen.

Auch Dina im angrenzenden Zimmer schlief fest. Nur Fräulein Pfeffer las noch. Endlich legte sie das Buch beiseite und löschte die Kerze. Doch kurz vor dem Einschlafen schien es ihr, als höre sie ein Geräusch. Sie öffnete die Augen und lauschte. Nein, sie mußte sich getäuscht haben. Vielleicht war nur eine Eule gegen das Fenster geflogen?

Eine Weile lauschte sie noch, schlief endlich ein und erwachte dann plötzlich. Sie richtete sich auf. Was hatte sie nur geweckt? Ein Geräusch! Ein Geräusch, das wieder und wieder kam, in regelmäßigen Abständen. Und es klang, als wäre es im Zimmer! Die alte Erzieherin war nicht ängstlich, aber jetzt, als sie die Kerze anzündete, zitterte ihre Hand. Dina fuhr aus dem Schlaf.

»Was ist?« fragte sie. »Um Himmels willen, was ist das?«

»Ich weiß es auch nicht, Kind«, sagte Fräulein Pfeffer verstört. »Ich bin davon geweckt worden, aber ich begreife nicht, woher diese seltsamen Geräusche kommen sollen.«

»Das sind bestimmt die, vor denen uns Herr Jones gewarnt hat«, flüsterte Dina, »deshalb wollte er ja auch nicht, daß wir hier bleiben.«

»Ja, ja, ich habe natürlich geglaubt, das sei Unfug. Da! Es klingt, als käme es von unten!«

»Ja«, hauchte Dina, »was kann es nur sein?«

»Ich weiß es nicht«, sagte Fräulein Pfeffer noch einmal, stand plötzlich auf, leuchtete mit der Kerze in jede Ecke, und Dina fand, daß sie sehr tapfer war.

Da! Da war es wieder!

»Es kommt aus der alten Truhe!« rief Dina.

»Aber nein, Kind, das ist doch unmöglich. Dort sind doch nur unsere Sachen aufbewahrt, sonst nichts.«

Fräulein Pfeffer ging zur Tür, öffnete sie und sah hinaus, die Kerze hoch erhoben, um erkennen zu können, ob nicht vielleicht die Jungen da draußen herumgeisterten. Manchmal hatten sie ja die verrücktesten Einfälle.

Aber nein, niemand zeigte sich, und die alte Erzieherin hatte im Grunde auch nicht damit gerechnet. Es schien undenkbar, daß die drei Dina und sie so erschreckten. Sie wandte sich um und entdeckte, daß die Tür des Nebenzimmers einen Spalt breit geöffnet war. Vielleicht hielt sich dort jemand auf? Zur Vorsicht wollte sie lieber nachsehen.

Und sie stand regungslos vor Staunen, als sie Stubs zusammengerollt und angezogen fest schlafend auf der Couch liegen sah. Was um alles in der Welt wollte er hier? Sie ging zu ihm und schüttelte ihn. Er fuhr hoch, starrte mit schreckgeweiteten Augen um sich und dachte nichts anderes, als daß die Männer zurückgekommen wären, um ihn zu holen.

»Kind, wie kommst du hierher?« fragte sie. »Hast du die Geräusche denn nicht gehört?« Sie hätte sich nicht gewundert, wenn all die Geschehnisse dieser Nacht nur ein Traum gewesen wären.

»Haben Sie mich erschreckt!« seufzte Stubs erleichtert beim Anblick der alten Erzieherin. »Geräusche? Nein. Aber heute nachmittag, als ich in Ihrem Zimmer lag, da ja. So ein Bumsen.«

»Ja, ja«, sagte Fräulein Pfeffer aufgeregt, »genauso klang es. Komm mit, und höre es dir an.«

Sie gingen zusammen zu Dina hinüber und lauschten. Aber nun blieb alles still, totenstill!

»Komisch«, murmelte Stubs nach einer Weile, »komisch.« Er sah schnell nach allen Seiten, reckte sich etwas, warf einen Blick in die Runde, von dem er so überzeugt war, daß er einer gewissen Festigkeit nicht entbehrte, und begann zögernd:

»Ich halte es für richtiger, wenn ich hier in Ihrem Zimmer schlafe, Fräulein Pfeffer, damit Sie, äh, damit Sie Schutz, äh, männlichen Schutz haben. Ich könnte ja die Kissen von der Couch holen und mich auf die Truhe legen. Fürchten Sie nicht«, fügte er schnell hinzu, »daß es mir zu hart ist, für Sie und Dina tue ich alles, nehme gerne alle Unbequemlichkeiten auf mich.«

Bei dieser langen Rede zwinkerten Fräulein Pfeffers Augen heftig hinter den dicken Brillengläsern, und sie konnte sich eines Lächelns nicht erwehren. »Selbstverständlich, mein Kind«, nickte sie, »selbstverständlich. Aber nun erkläre mir bitte erst einmal, warum du hier oben geschlafen hast und nicht im Wohnwagen bei den anderen. Was ist denn geschehen? Ihr habt euch doch nicht etwa gezankt?«

»Gezankt? Nein. Aber ich kann es Ihnen jetzt nicht sagen.« Er grinste. »Morgen vielleicht.«

Nachdem er es sich, so gut es eben ging, auf der Truhe bequem gemacht hatte und sogar noch eine Decke bekam, gingen Dina und Fräulein Pfeffer wieder zu Bett, und die Kerze wurde gelöscht. Sie lagen im Dunkeln und hofften, daß die Geräusche nicht wiederkommen würden. Und wirklich, alles blieb ruhig, und einer nach dem anderen schlief ein, Stubs zuerst.

Und er war es auch, der als erster hochschreckte und sich mit einem Ruck aufrichtete.

Er hörte etwas Außergewöhnliches, etwas so Seltsames, daß er glaubte zu träumen. Aber nein, da war es wieder, ganz deutlich, ein Hund bellte! Und dieser Hund war Lümmel!

»Fräulein Pfeffer!« schrie er. »Fräulein Pfeffer, Lümmel bellt!« Er sprang auf, lief zu ihrem Bett und schüttelte sie.

»Das kann doch gar nicht sein! Dina, wach auf! Hör doch nur, Lümmel bellt!«

Sie sprangen aus den Betten, standen da und lauschten. Ja, er war es, unverkennbar! Aber wo war er? Das Bellen klang ganz nah, wenn auch sehr gedämpft.

»Das ist doch unfaßbar!« sagte Fräulein Pfeffer endlich. »Wo soll denn dieses Tier stecken?«

Und dann hörten sie noch etwas, dumpfe Laute, so, als schlüge jemand gegen eine Tür.

Dina zitterte. »Es kommt doch von der Truhe«, flüsterte sie.

»Los, wir schieben sie weg«, sagte Stubs, der nun, da er für seinen Hund fürchtete, alle Angst vergaß und Riesenkräfte verspürte. »Los, steht nicht so 'rum, helft mir lieber, los! Verdammt, ist das Ding schwer!«

Das war nicht übertrieben, nein, wahrhaftig nicht, aber mit vereinten Kräften schafften sie es. Und dann sahen sie die Falltür!

»Teufel!« flüsterte Stubs. »Seht euch das an! Kein Wunder, daß sie uns aus diesem Zimmer 'raushaben wollten! Da, da ist Lümmel wieder! Und Barny, Barnys Stimme!«

»Aber um Himmels willen, wer hat sie denn da unten eingesperrt? Wie schrecklich!« Das arme Fräulein Pfeffer begriff überhaupt nichts. »Etwas Derartiges habe ich noch niemals erlebt! Können wir die Falltür öffnen? O Kinder, mir ist, als träumte ich einen schrecklichen Traum!«

»Irrtum«, grinste Stubs, »so laute Träume gibt's ja gar nicht. Hört, sie schlagen wieder dagegen. Nie hätten sie das Ding aufbekommen, solange der elende Kasten darauf stand. He, wartet!« brüllte er. »Da, Dina, da ist der Griff. Los, faß an. Ah, er kommt!«

Und langsam hob sich der schwere Deckel, während sie nun mit aller Kraft zogen.

Bei diesem Anblick erschraken Robert und Barny zu Tode. Das konnten nur die Männer sein! Die Männer, die sie im nächsten Augenblick entdecken mußten und denen sie nun rettungslos ausgeliefert waren! Sie mußten fort, irgendwohin! Sie stürzten zur Strickleiter und, unten angelangt, in den Gang hinein. Nur Lümmel rührte sich nicht und bellte wie ein Wilder vor Freude, als er seines Herrchens Stimme hörte.

»He«, schrie Stubs, »he, Barny, Robert, Lümmel!« Er leuchtete in die Öffnung. »Lümmel!« schrie er. »Lümmel, Lümmel, da bist du ja! Wie kommst du da bloß 'rein? He, Barny, Robert!«

Lümmel gebärdete sich wie ein Verückter, sprang und sprang und versuchte zu seinem Herrchen zu gelangen. Doch das war ein aussichtsloses Unternehmen.

Barny und Robert aber blieben wie gebannt stehen.

»Das ist doch gar nicht möglich!« flüsterte Barny. »Das ist doch gar nicht möglich! Aber es ist Stubs. Komm, wir müssen wieder hinauf!«

Sie hasteten die Strickleiter empor und sahen ihn, wie er durch die Öffnung starrte und die Kerze schwenkte. Und Lümmel drehte sich wie ein Kreisel um sich selbst und jaulte dabei vor Begeisterung.

»Stubs!« schrie Robert. »Stubs, wo bist du eigentlich?«

»In Fräulein Pfeffers Zimmer!« Er war vor Aufregung ganz heiser. »Die Falltür ist unter der Truhe! Aber wie seid ihr da unten hingekommen? Teufel, Teufel, ich glaube, es ist doch alles nur ein Traum! Reich mir Lümmel 'rauf, er schnappt sonst noch über!«

Und im nächsten Augenblick landete dieser unter ziem-

lichen Schwierigkeiten neben ihm, und nun schnappte er tatsächlich über.

Er raste quer durch den Raum, prallte gegen die Wand, jagte zurück, flog gegen die nächste und setzte dieses Spiel unter Freudengeheul fort, so daß niemand mehr sicher war, nicht von ihm überrannt zu werden. Dann sprang Miranda durch die Falltür und machte das Durcheinander nur noch schlimmer. Fräulein Pfeffers ruhiges Schlafzimmer glich einem Tollhaus.

Robert und Barny erschienen und wurden von Dina und Stubs hinaufgezogen. Und in der nächsten Minute saßen sie auf den Betten und lachten glücklich und erleichtert über ihre unerwartete Befreiung.

»Es ist wunderbar!« sagte Barny, und nach einer kleinen Pause: »Wer hätte je gedacht, daß dieser Gang hier oben enden würde. Ich hätte noch nicht einmal vermutet, daß er zum Gasthaus führen könnte. Aber eigentlich war es ja ganz klar. Es ging so steil hinauf und immer auf die Hügel zu. Und einen geheimen Eingang anzulegen, war auch ganz einfach und sehr bequem. Die Männer konnten kommen, wann sie wollten, denn Herr Jones steckte ja mit ihnen unter einer Decke. Und jedesmal bekamen sie das Zimmer, von dem aus sie so leicht in ihrem Versteck verschwinden konnten. Nur einmal hatten sie Pech.« Er schwieg und lachte ein bißchen. »Sie hatten eben nicht mit Fräulein Pfeffers Dickkopf gerechnet, mit Fräulein Pfeffer, die sich absolut nicht ausreden lassen wollte, hier zu wohnen.«

»Ich kann einfach nicht begreifen, wovon ihr sprecht«, sagte die alte Erzieherin kopfschüttelnd und sah hilflos von einem zum anderen. »Wollt ihr nun nicht so freundlich sein und mich in eure Geheimnisse einweihen?«

»Wenn es sein muß«, grinste Stubs, »also hören Sie zu . . .«

Und er, Barny, Robert und Dina überfielen das sprachlose Fräulein Pfeffer, alle wild durcheinanderredend, mit der ganzen, seltsamen Geschichte.

»Aber Kinderchen, warum habt ihr mir denn nichts

davon erzählt?« rief sie endlich. »Ich wäre sofort mit euch abgereist!«

»Eben, und weil wir das genau wußten, haben wir lieber den Mund gehalten«, lachte Robert. »Wir konnten es doch nicht darauf ankommen lassen, aus unserem Ferienparadies vertrieben zu werden. Und im übrigen war es eine tolle Sache!«

»Toll? Nun, das möchte ich dahingestellt sein lassen«, sagte sie ganz überwältigt. »Es scheint mir viel eher eine unerwünschte Sache.«

»Finden Sie, daß es unerwünscht ist, Diebe dingfest zu machen?« lachte Barny. »Der Spitzbart und sein Freund, das Glotzauge, sind zwei der ausgekochtesten Gauner, die es gibt, und wir sind durch einen blödsinnigen Zufall dahintergestiegen. Und jetzt müssen wir sofort etwas unternehmen.«

»Jetzt, mitten in der Nacht?«

Barny zuckte die Schultern. »Ich glaube, es muß sein. Robert, du und Stubs, ihr holt ein paar von den Paketen herauf. Und ich werden inzwischen ans Telefon gehen und meinen armen Vater wecken, damit er Scotland Yard oder, wenn er es für richtiger hält, die örtliche Polizei benachrichtigt.«

Während Stubs zum Wohnwagen rannte, um ein Seil zu besorgen, es dann an dem Griff der Falltür befestigte, sich in die kleine Felsenhöhle hinabließ und die Pakete Robert hinaufreichte, schlich Barny zum Telefon, weckte seinen erstaunten Vater und erzählte ihm hastig von ihren Erlebnissen. Dabei war er sorgsam darauf bedacht, nicht von den zurückkehrenden Männern überrascht zu werden. Doch erst als er aufgelegt hatte und schon die Treppe hinaufraste, hörte er Schritte in der Diele.

Er schlüpfte in Fräulein Pfeffers Zimmer, legte den Finger an den Mund und lauschte, bis sich eine Tür mit leisem Klicken schloß. Dann lief er noch einmal hinaus und erschien gleich darauf wieder, triumphierend lächelnd. Fräulein Pfeffer betrachtete ihn erstaunt.

»Was hattest du denn noch vor?« fragte sie.

»Ach, nicht viel«, sagte er grinsend. »Die Herren hatten nur vergessen, den Schlüssel abzuziehen, und da habe ich mir erlaubt, sie einzuschließen. Sie müssen also in ihrem Zimmer bleiben, bis die Polizei kommt und sie wieder herausläßt.«

Es war sehr spät, als die drei Jungen hinunter zum Wohnwagen gingen, um noch ein bißchen zu schlafen. Auch Dina und Fräulein Pfeffer legten sich hin, aber es dauerte lange, bis sie einschliefen, denn sie konnten nicht aufhören, über alles zu sprechen.

»Das wird ein aufregender Tag morgen«, gähnte Dina, und damit hatte sie recht.

Gegen neun Uhr hielten zwei schwarze Limousinen vor dem Gasthaus, und Herr Jones erfuhr den größten Schrecken seines Lebens, als sich einige Leute, die plötzlich in seiner Küche erschienen, als Beamte von Scotland Yard zu erkennen gaben.

Dem Spitzbart und dem Glotzauge erging es nicht besser. Sie merkten, daß die Tür ihres Zimmers von außen verschlossen war, schlugen wütend mit den Fäusten dagegen und sahen sich einen Augenblick später zwei ebenso unauffällig gekleideten Männern gegenüber.

»Was soll das bedeuten?« schrie der Spitzbart, klappte den Mund aber zu, als einer der beiden sagte:

»George Higgins, Sie sind verhaftet, Sie haben sich aber mächtig fein gemacht, mit dem Weihnachtsmannschmuck im Gesicht, und Ihr Freund«, und damit wandte er sich an das Glotzauge, »Ihr Freund steht Ihnen in nichts nach. Die Fensterscheibe im Auge gibt ihm endlich einmal einen halbwegs intelligenten Anstrich. Würden Sie nun so freundlich sein, uns zu folgen? Der Banknoten wegen brauchen Sie sich übrigens nicht zu beunruhigen, darum kümmern wir uns schon.«

Und es waren noch keine zwanzig Minuten vergangen, da fuhren die beiden Wagen mit dem falschen Sir Richard und dem nicht weniger falschen Professor davon, einer wenig angenehmen Zeit entgegen. Und auch Herr Jones fuhr mit ihnen.

»Mein armer Llewellyn!« schluchzte Frau Jones. »Er ist nicht schlecht, mein Llewellyn, nein, nein, nicht schlecht. Die Herren haben ihn belogen und betrogen und borgten ihm das Geld, damit er sich das Haus kaufen konnte, das er so gerne haben wollte. Woher sollte er wissen, daß es schlechte Menschen waren? Ein Adliger und ein Professor, so feine Herren! Und er kocht so gut, so sehr, sehr gut!«

Auch Morgan und Jim bekamen Besuch von der Polizei und verschwanden für lange Zeit.

Frau Jones aber bat Fräulein Pfeffer unter Tränen, sie doch nicht zu verlassen. »Ich brauche das Geld so nötig«, schluchzte sie, »bleiben Sie mit den Kindern hier, dann habe ich doch etwas Verdienst. Ich koche gut, nicht so gut wie mein Llewellyn, aber auch nicht schlecht, Sie werden es erleben. Ach, bleiben Sie doch!«

»Aber ja«, beruhigte Fräulein Pfeffer, »wir hatten ja gar nicht vor, abzureisen, im Augenblick können wir es auch noch nicht einmal. Es tut mir so leid um Sie und David und auch um Herrn Jones. Er hat sich ja noch nie etwas zuschulden kommen lassen und wird, wie der Inspektor sagte, bald zu Ihnen zurückkehren. Und wir werden uns noch mindestens drei Wochen hier aufhalten, und ich hoffe, wir genießen nun ruhige Ferientage ohne aufregende Zwischenfälle und geheimnisvolle Geräusche in der Nacht.«

Ja, es wurden herrliche Ferien, mit Wind und Sonne, weißen Sand, blauem Himmel und blauem Meer. Mit Rudern, Fischen, Baden und langen Spaziergängen. Und alle waren glücklich, und David war immer bei ihnen, mit seiner treuen Gans Watschel und seinem kostbaren Besitz, dem Wecker.

Und manchmal lieh Stubs ihn sich von ihm. Dann, wenn Dina wieder einmal im Sande lag und döste, zog er ihn auf und schnippte gegen den blauen Strohhut über ihrem Gesicht. »Es ist so ruhig hier«, murmelte er, und der Wecker rasselte, schrill und alarmierend!